WOOW BOOKS

Das Zitat auf S. 175 stammt aus William Shakespeares *Hamlet. Prinz von Dänemark* in der Übersetzung von August Wilhelm Schlegel.

Die Originalausgabe erschien 2021 unter dem Titel *Too Bright to See* bei Dial Books for Young Readers, einem Imprint der Penguin Young Readers Group bei Penguin Random House LLC, New York.

FSC
www.fsc.org
MIX
Papier | Fördert gute Waldnutzung
FSC® C083411

Deutsche Erstausgabe
1. Auflage 2023

Aus dem amerikanischen Englisch übersetzt von Alexandra Rak
Lektorat: Barbara Schlichtmann

Druck und Bindung: CPI books GmbH, Leck
Satz: Pinkuin Satz und Datentechnik, Berlin
ISBN: 978-3-96177-127-1

www.woow-books.de

Folgt uns auf Instagram unter
@woowbooks_verlag

KYLE LUKOFF

Wovon ich träume

Übersetzt aus dem amerikanischen Englisch
von Alexandra Rak

WOOW BOOKS

Für alle Schülerinnen und Schüler der Corlears Schule, die von 2012 bis 2020 in meine Bibliothek gekommen sind.

Dieses Buch gibt es dank euch.

Prolog

Jetzt, wo Onkel Roderick nicht mehr lebt, fühlt es sich seltsam an, in unserem alten Haus zu wohnen.

Ich weiß schon lange, dass es dort spukt. Das hat es schon immer getan und ist nichts Neues. Die eiskalte Stelle im Wohnzimmer meiden wir, weil da wahrscheinlich jemand gestorben ist. Selbst an völlig windstillen Tagen fliegen Fenster von allein auf oder knallen zu. Genau wie unsere Türen – und das, obwohl sie schwer sind. Ich dachte lange, es wäre normal, jemanden hinter sich oder neben sich zu spüren, den man nicht sieht. Genauso wie zu fühlen, dass einem unsichtbare Hände über Haare oder Kleidung streichen.

Unser Haus sieht auch wie ein Spukhaus aus: naturbelassenes, über die Jahre verwittertes Holz, eine aufwendig geschnitzte Tür, spitze Giebel, die in alle Himmelsrichtungen aus dem Dach ragen, und hohe Fenster, hinter denen man schemenhaft Gestalten zu sehen meint. Unsere Veranda erstreckt sich über eine komplette Seite, und die Schaukelstühle, die darauf stehen, bewegen sich manchmal von ganz allein. Wir wohnen mitten im Nirgendwo – bei uns sagen sich Fuchs und Hase Gute Nacht, und wenn es draußen dunkel wird, leuchten nur der Mond und die Sterne und sonst nichts. Als ich noch in den Kindergarten ging, hatte ich aus der Bibliothek ein Buch mit einem Haus auf dem Umschlag ausgeliehen, das wie ein Foto von unserem Haus aussah. Onkel Roderick wollte es mir an jenem Abend vorlesen, ich hatte meinen Kopf auf seine Brust und er seinen Arm um meine Schulter gelegt. Vor dem Schlafengehen las er mir immer noch etwas vor. Nach dem ersten Kapitel hörte er allerdings auf, da das Buch ein Sammelband mit Gruselgeschichten war. Er fand Träume wichtig und wollte nicht, dass ich Albträume bekam.

Aber jetzt wird unser altes Haus nicht von Geistern, sondern von etwas anderem heimgesucht, das langweiliger und gleichzeitig beängstigender ist. Es gibt zum Beispiel dieses halb leere Glas mit Okraschoten, die Onkel Roderick gepflückt und eingelegt hat und die er nie mehr aufessen wird. Und auch Mum und ich werden das nicht tun, denn wir hassen Okras. Oder seine in den Wandschrank gestopften Winterstiefel. Normalerweise zögerte Onkel Roderick es immer möglichst lange hinaus, sie anzuziehen, weil er fand, dass er darin wie ein Holzfäller aussah. Doch jetzt wird er sie nie mehr brauchen. Außerdem hat mein Onkel den *New Yorker* sowie die *National Geographic* abonniert, und die Zeitschriften werden so lange an ihn geschickt, bis wir ihnen sagen, dass sie damit aufhören sollen. Bis sie seinen Namen von der Liste streichen. Für immer.

Da sind mir Geister lieber.

Eins

Als er stirbt, spüre ich das sofort. Es ist mitten in der Nacht. Ich schlage die Augen auf und halte mich mit beiden Händen an der Matratze fest. Plötzlich habe ich das verrückte Gefühl, dass mein Bett umkippt. Als stünde es wackelig auf einem Berggipfel und würde jeden Moment abstürzen. Oder als würde es jeden Moment in ein schwarzes Loch fallen, auf dessen anderer Seite nur Unbekanntes auf mich wartet.

Onkel Rodericks Zimmer liegt oben an der Treppe, Mums am Ende des Flurs, meines in der Mitte. Seit elf Jahren schlafe ich gemütlich zwischen ihnen ein, und ihre Wärme und ihre Kraft geben mir von beiden Seiten Halt. Selbst während der letzten paar Monate, als mein Onkel erst im Krankenhaus und dann im Hospiz war, konnte ich noch immer spüren, wie er mich beschützt. Aber jetzt ist mein Onkel nicht mehr da.

Auf einmal knarzen die Treppenstufen laut. Das hat nichts zu bedeuten. Sie knarzen ständig. „Das Haus setzt sich", sagt Mum dazu. Vielleicht ist es manchmal auch ein harmloser Geist. Aber jetzt höre ich einen knarrenden Schritt. Und dann noch einen. Es hört sich so an, als würde jemand langsam unsere breite Treppe hinaufgehen, jemand mit schleppendem Gang.

Es ist Mitte Juni, und es ist heiß. Ich liege unter einem Bettlaken, während der Ventilator warme Luft in meinem Zimmer herumwirbelt. Ich ziehe das Laken bis zum Kinn. Jetzt hätte ich gerne eine schwere Bettdecke, die mich auf die Matratze drückt und unter der ich mich verstecken kann.

Das Knarzen verstummt direkt vor Onkel Rodericks Schlafzimmertür. Ich halte die Luft an und lausche angestrengt. Auch wenn ich jetzt nichts mehr höre, habe ich trotzdem das Gefühl, als wäre jemand dort. Es klingt, als würde jemand schweigen. Ich atme erst wieder aus, als die knarrenden Schritte die Treppe so langsam hinabgehen, wie sie gekommen sind.

Onkel Roderick hat mir immer erklärt, vorbeiziehende oder verweilende Geisterwesen seien ganz normal, wenn man in einem Haus wohnt, das fast so alt ist wie die Erde, auf der es steht. Mum sagt, dass die unheimlichen Dinge, die ich spüre oder höre, bloß meiner lebhaften Fantasie entspringen und Onkel Roderick mich nicht noch ermutigen soll, weil es keine Gespenster gibt.

Manchmal denke ich, dass meine Mutter recht hat: beispielsweise, wenn die Sonne scheint und ich mir die eigenartigen Berührungen in meinem Nacken oder die auf unerklärliche Weise zuschlagenden Türen mit Windböen erklären kann, die sich in unser zugiges altes Haus verirrt haben.

Doch jetzt glaube ich zu einhundert Prozent meinem Onkel. Dabei will ich das gar nicht.

„Auf der Treppe ist niemand“, sage ich leise zu mir und klammere mich nach wie vor verzweifelt an der Matratze fest. „Auf der Treppe ist niemand. Auf der Treppe ist niemand. Auf der Treppe ist niemand.“

Die Worte hämmern rhythmisch durch meinen Kopf. Ich wiederhole sie immer und immer wieder, bis sie alle anderen Gedanken verdrängen. Erst als ich mich zusammenrolle und der Seite des Zimmers, die die seltsame Leere in meiner Brust widerhallen lässt, den Rücken zudrehe, schlafe ich endlich ein.

Ein paar Stunden später wache ich vom Klingeln des Telefons auf. Inzwischen fühle ich mich sicherer und nicht mehr, als würde ich in die Tiefe stürzen oder durch die Unendlichkeit wirbeln. Aber in meiner Brust herrscht weiterhin diese Leere.

Ich höre Mum durch die Wand reden, kann aber nicht verstehen, was sie sagt. Doch selbst wenn ich es nicht schon längst wüsste, wäre mir spätestens durch den Tonfall und die Melodie ihrer Stimme klar, dass Onkel Roderick gestorben ist. Kurz darauf kommt sie in mein Zimmer, und ich setze mich auf.

Sie nimmt mich in den Arm und weint. Ich habe meine Mutter schon früher weinen sehen, doch ich musste sie nie trösten. Das hat immer Onkel Roderick, ihr Bruder, getan. Aber er ist nicht hier und ich schon. Ich halte sie ganz fest und atme so flach wie möglich, bis ihr Schluchzen nachlässt. Ich hätte gleich an dem Tag, vor fast einem Jahr, weinen sollen, als Onkel Roderick mit den schlechten Neuigkeiten vom Arzt nach Hause kam. Doch ich konnte nicht. Damals rauschte es plötzlich in meinen Ohren, und das übertönte alles, was Onkel Roderick erzählte. Mein Hirn weigerte sich, irgendwelche Informationen aufzunehmen, die über diese eine neue simple Wahrheit hinausgingen. Sie war zu groß, um sie zu fassen, und es gab nichts, woran ich mich festhalten konnte. Ich sagte mir damals, dass ich erst weine, wenn er gestorben ist. Und jetzt ist dieser Tag da, und doch gibt es in mir einfach nur diese Leere. Keine Tränen oder sonst irgendetwas. Um mich herum kreiselt, wie ein Wirbelsturm aus Schmerz große Traurigkeit, und ich sitze im trockenen Auge, wo es ruhig und still ist.

„Er hatte dich sehr lieb“, sagt Mum nach einer Weile. Sie lässt mich los, richtet sich auf und wischt sich die Tränen aus dem Gesicht. Hätte ich doch bloß ein Taschentuch für sie.

„Ich weiß“, antworte ich. Und ich weiß es wirklich. Aber das hilft nichts.

Mum nimmt mich noch einmal in den Arm und sagt, dass sie ein paar Anrufe erledigen muss. Ich starre in mein Zimmer, Sonnenlicht strömt durch die geriffelten Scheiben der hohen Fenster, und ich frage mich, was jetzt wohl geschieht.

Zwei

Mum, Onkel Roderick und ich bildeten ein gutes Team. Manchmal hatten wir Gäste aus New York City oder Burlington oder Montreal, die unser Haus mit Lärm und Gelächter und Erinnerungen füllten. Aber uns drei gelang das allein genauso gut.

Heute Abend ist das Haus auch voller Leute und Erinnerungen, doch gelacht wird kaum. Die Freundinnen und Freunde der Familie sind von überallher angereist. Aus unserer Ecke in Vermont lassen sich nur wenige blicken. Wir sind hergezogen, als ich ein Baby war, und die Alteingesessenen hier akzeptieren dich erst, wenn „sechs unter der Erde liegen". Damit meinen sie sechs Tote, die nacheinander über die Jahre hinweg gestorben sind. Wir haben nun unseren ersten.

Dabei liegt Onkel Roderick noch nicht einmal wirklich unter der Erde. Er wollte keine Trauerfeier und auch nicht beerdigt werden. Verstreut meine Asche einfach auf dem Land, sagte er uns kurz vor seinem Tod. Das haben wir getan, eine Handvoll in den Bach, eine andere in den Wald, in unseren Garten, einfach überall.

Mum findet, dass alle die Möglichkeit haben sollten, Abschied zu nehmen. Mir wäre es lieber, sie würden sich woanders von ihm verabschieden. So voll wie heute war es bei uns noch nie, und ich kann mich nicht mal mehr mit Onkel Roderick in seinem Zimmer verstecken. Ich muss dieses Kleid tragen, in dem ich wie

Samantha aus den *American Girl*-Büchern aussehe. Es ist zerknittert, weil es monatelang ganz unten in meinem Schrank lag und sich normalerweise Onkel Roderick ums Bügeln kümmerte.

Die Leute legen ihre Hand auf meine Schulter oder umarmen mich, und weil ich das Kind mit dem toten Onkel bin, ist es in Ordnung, dass ich die Umarmung nicht erwidere. Mein Kleid ist wie ein Schutzschild, es hält die Berührungen ihrer Arme und Hände von mir fern, was gut ist, denn würde ich sie tatsächlich spüren, zerspränge ich in tausend Stücke. Um mich abzulenken, ziehe ich fest an meinem Pferdeschwanz oder zupfe an den Falten meines Kleides. Es ist mir zu klein, sobald ich mich nach vorne beuge, spannt der Stoff an meinem Rücken und schnürt mir beinahe die Luft ab.

Wenn ich an den Gästen vorbeigehe, hören sie auf zu reden, aber nachdem ich mich in eine Wohnzimmerecke zurückgezogen habe, schnappe ich hier und da etwas auf.

„Er war noch so jung, erst zweiunddreißig, oder?"

„Es ist unfassbar traurig, besonders weil Sabrinas Mann doch kurz nach der Geburt ihres Kindes gestorben ist. Ein Autounfall, wenn ich mich recht erinnere."

„Das Haus war ursprünglich ein Ferienhaus und ist schon lange im Familienbesitz, aber jetzt sind sie die Letzten und haben sonst keine Angehörigen mehr."

Einer von Onkel Rodericks Ex-Freunden aus Portland sitzt am anderen Ende des Zimmers. Ich glaube, sein Name ist Tobias. Er hat einen Bart und einen kahl rasierten Kopf und ist genauso groß und dünn wie Onkel Roderick. Er war nett, doch er wollte Kinder, aber mein Onkel fand, dass ich ihm als Kind reichte, also haben sie sich getrennt, sind aber Freunde geblieben. Tobias schaut mich an und lächelt mir traurig zu. Ich verziehe meine Mundwinkel zu so etwas wie einem Lächeln und haste davon, bevor er mir die Hand gibt oder mich umarmt oder sonst wie sein Beileid bekundet.

Als ich in die Küche schlüpfe, bleibe ich mit dem Kleid an einem Nagel im Türrahmen hängen. Ich ziehe am Stoff, um loszukommen. Jetzt hat es einen Riss, der vorher noch nicht da war. Na ja, nicht so schlimm – ich bin ohnehin fast rausgewachsen.

In der Küche ist sonst niemand. Auf der breiten Anrichte aus Holz stapelt sich das Geschirr mit angetrockneten Essensresten, daher stelle ich es in die Spüle und drehe den Wasserhahn auf. Ich habe Mum immer angebettelt, dass wir eine Spülmaschine bekommen. Besonders, seitdem ich groß genug bin, um an das Spülbecken zu kommen. Im Moment finde ich es allerdings beruhigend, das Geschirr in dem heißen Wasser sauber zu machen. Während ich die Teile in gleichmäßigem Rhythmus schrubbe und abspüle, überlege ich, was ich für das Sommercamp einpacken soll, und schaue aus dem Fenster hinterm Waschbecken.

Plötzlich starrt mich von dort ein fremdes Gesicht an, das sich undeutlich in der Scheibe abzeichnet.

Ich schreie auf und springe zurück, wobei mir ein Glas aus der Hand rutscht und auf den Küchenboden knallt. Gleich darauf schwingt die Küchentür auf.

„Alles okay, Mücke?“, ruft eine Stimme. Mo. Meine beste, älteste und einzige Freundin. Sie und ihre Mutter sind schon eine Weile hier, aber ich habe sie noch nicht begrüßt.

Das Kleid spannt noch immer an Rücken und Schultern.

„Alles gut“, antworte ich. Und weil ich plötzlich nicht mehr weiß, wie ich meine Zähne auseinanderbekommen soll, um noch mehr zu sagen, schnappe ich mir Besen und Kehrblech, damit Mo meine zitternden Hände nicht bemerkt.

Das passiert mir oft. Ich kümmere mich im Bad, der Küche oder sonst wo um meinen eigenen Kram und sehe beim Blick in den Spiegel nicht mich. Auch keine bluttriefende teuflische Fratze oder irgendetwas eindeutig Übernatürliches. Sondern einfach nur ein Gesicht, das nicht meines ist und nur so ähnlich aussieht. Allerdings unterscheidet es sich doch so sehr, dass ich mich jedes Mal erschrecke. Wahrscheinlich gehört das auch zum Leben in einem Spukhaus. Wobei mir das nicht nur zu Hause passiert.

Jedes Mal, wenn Mo bei mir übernachtet, muss ich ihr versprechen, dass sie nicht von einem Geist angegriffen wird. Und ich verspreche es ihr immer, denn Geister greifen keine Menschen an. Sie bemerken sie nicht einmal. Sie befinden sich in ihrer eigenen Welt, wie auch immer die aussieht, und wir uns in unserer. Wenn sich die Welten dann doch überschneiden, ist das so, als würde man zu lange in ein helles Licht schauen, das man immer noch sieht, selbst wenn man den Blick abwendet und die Augen schließt. Man hat es nicht mehr direkt vor der Nase, aber es hat sich trotzdem eingeprägt.

Bisher hat Mo noch keine Geister gesehen. Sie fürchtet sich davor, einer großen Frau im blutbefleckten Brautkleid über den Weg zu laufen oder einem kleinen, blassen Jungen mit teuflischem Lachen. Aber sie bemerkt nicht einmal, wenn ihre Haare von einem nicht vorhandenen Luftzug erfasst werden oder die Stimmung im Zimmer umschlägt, weil sich der Raum an etwas erinnert. Wenn das passiert, behalte ich es für mich, denn Mo ist die Einzige, die überhaupt bei mir übernachten will.

Als ich die Scherben zusammengefegt habe, lehne ich mich gegen die Anrichte. Mo setzt sich darauf. Ich sehe ihr an, dass sie überlegt, was sie sagen soll. Normalerweise hat sie immer etwas zu erzählen, aber mir ist im Moment nicht danach, zu reden, auch wenn es nett ist, dass sie es versucht.

„Woher hast du denn das Kleid?“, fragt sie schließlich. „Das kenn ich noch gar nicht.“

Das ist besser, als zu fragen, wie es mir geht, denn darauf könnte ich nichts Gescheites antworten. Ich überlege, ob sie das mit dem Kleid wirklich interessiert oder sie nur rücksichtsvoll sein möchte. Am liebsten würde ich überhaupt nicht sprechen, allein meine Lippen zu bewegen fällt mir schwer, aber darauf, dass Mo einfach weiterplappert, habe ich auch keine Lust. Das macht sie nämlich meistens, wenn ich nichts zum Gespräch beitrage.

„Ich weiß nicht. Es ist schon alt.“ Meine Stimme überrascht mich. Sie klingt ganz normal. „Vielleicht dachte Mum, dass ich irgendwann mal ein Kleid bräuchte. Ich finde, ich sehe darin aus wie meine alte Puppe Samantha.“

„Oh ja, stimmt. Irgendwo habe ich noch meine Felicity. Weißt du noch, als wir mit ihnen gespielt und uns Geschichten ausgedacht haben? Deine waren immer voller Abenteuer, mit Piraten oder Entführungen. Ich wollte immer lieber etwas mit Prinzessinnen und Schlössern spielen. Und dann haben wir uns geeinigt, auf Piratenschlösser oder glamouröse Prinzessinnenentführungen.“

Ich nicke bloß und schaue an mir herunter. Mit dem bauschigen Rock sieht das Kleid sehr nach einem Kostüm aus. Mo dagegen wirkt in ihrem glatten, dunklen Rock mit passendem Oberteil so, als wäre sie auf einer Beerdigung und nicht in unserem Haus. Ihre krausen, leuchtend roten Haare fallen nicht locker wie sonst, sondern sind zu einem festen Zopf geflochten. Mo ist ein paar Monate jünger als ich, aber heute sieht sie fast wie eine Erwachsene aus – beinahe wie eine Frau. Ich dagegen sehe aus wie eine Puppe. Still und steif, mit Blinzelaugen.

„Mum und ich müssen schon wieder gehen", sagt sie, nachdem wir einem Moment geschwiegen haben. „Wir sehen uns ja aber bald. Und ... es tut mir sehr leid." Sie beugt sich zu mir, um mich zu umarmen. Ich schaffe es, meine Arme zu heben und sie kurz zu drücken, bevor es mir zu viel wird. Mo gehörte schon immer zu den Mädchen, die ihre Freundinnen umarmen oder mit ihren Haaren spielen, ganz beiläufige Zuneigungsbekundungen, die für mich ein Ding der Unmöglichkeit sind. Ich weiß nicht, wie ich mit solchen Situationen umgehen soll. Es fühlt sich jedes Mal so an, als würde ich eine Vogelscheuche umarmen. Oder eher, als wäre ich die Vogelscheuche, die umarmt wird. Jetzt tätschelt Mo verlegen auf meinen Rücken, drückt dann mit der Schulter gegen die Küchenschwingtür und geht. Ihr Rock bleibt nirgends hängen.

Ich gehe zurück zur Spüle und widme mich wieder dem Geschirr. Die Küche war schon immer mein Lieblingsraum im Haus. Hier habe ich mit Onkel Roderick Plätzchen gebacken und Gemüse eingekocht oder ihm dabei zugesehen, wie er neue Rezepte ausprobiert hat. Außerdem ist es hier freundlich. Sicher. Während ich abwasche, stelle ich mir vor, wie ich wohl aussehe: meine langen, zurückgekämmten Haare und der Riss in meinem Kleid – wie ein Dienstmädchen, das in einem Palast vor sich hin schrubbt. Und dann überlege ich, wie das Leben von dem Mädchen aussieht. Es lenkt mich von der Wirklichkeit ab. Inzwischen ist das Wasser kalt, und ich wasche das Geschirr zu Ende ab, ohne noch einmal zum Fenster zu schauen.

Drei

Nach der Gedenkfeier bleiben einige Gäste noch für ein paar Tage. Ich mache mich nützlich, spüle ununterbrochen Geschirr oder wasche Wäsche und weiche damit den Fragen nach meinem Befinden aus. Ich tue so, als wäre ich eine Figur aus einem Buch. Zum Beispiel ein schlecht behandeltes, jedoch hochintelligentes Dienstmädchen, oder eine Spionin in einem schäbigen, heruntergekommenen Hotel, oder eine Prinzessin, die für eine normale Bürgerliche gehalten wird. Das macht Spaß. Irgendwie jedenfalls, und ist etwas, was ich oft tue. Mädchen in Büchern kommen mir immer realer vor als das echte Leben, und wenn ich mir vorstelle, Teil einer Geschichte zu sein, lenkt mich das von dem ab, was ich wirklich bin – nicht besonders viel.

Irgendwann fahren die Gäste wieder in die Großstädte, in denen sie wohnen. Ich bin in Brooklyn geboren, aber Mum zog hierher, als ich erst ein paar Monate alt und mein Vater gerade gestorben war. Sie sagt, sie brauchte diese Veränderung, um das eine Leben (verheiratet, keine Kinder) abzuschließen und ein neues (verwitwet, ein Kind) beginnen zu können.

Onkel Roderick ging mit ihr. „Ich dachte nie, dass wir lange bleiben", erzählte er mir letztes Jahr beim Blaubeerpflücken. Er sammelte die Beeren und backte später einen Kuchen daraus, ich futterte meine direkt vom Strauch. „Als Kinder waren wir hier immer im Urlaub, aber einen Grund, dauerhaft in Vermont zu leben, gab es für uns nicht. Ich dachte, wir würden hier ein paar Jahre wohnen, sie den Verlust deines Vaters verarbeiten, und dann wieder zurückgehen. Aber Kinder verwurzeln dich mit einem Ort. Es war, als würden wir in dieses Fleckchen Erde hineinwachsen, anstatt ihm zu entwachsen."

Die größte Stadt, in der ich bisher war, ist Burlington. Wir haben sie mit der Schule besucht und gelernt, dass Burlington die kleinste Großstadt der USA ist – die größte Stadt im Bundesstaat Vermont und die kleinste Stadt der USA, die sich als Großstadt bezeichnen darf. Sie kam mir riesig vor, Menschen, soweit das Auge reichte, und ein Geschäft neben dem anderen. Onkel Roderick sprach davon, dass er mir New York zeigen wollte. Geschafft haben wir das nie, und ich glaube nicht, dass ich jemals allein hinfahren werde.

Es ist früher Morgen, außer Mum und mir ist niemand mehr im Haus, und ich schaue auf Onkel Rodericks mit Schnitzereien verzierten Teeschrank, der unter dem Gewürzregal steht. Wie heißt es noch gleich in alten englischen Büchern: Ich würde alles für eine Tasse Tee geben. Außer mir kenne ich keine anderen Elfjährigen, die Tee mögen, aber seitdem ich keinen Kinderbecher mehr brauche, bereitete Onkel Roderick mir welchen zu. Am Anfang bestand der vor allen Dingen aus Honig und Milch. Im Teeschrank ist noch eine halbe Schublade voll Jasmintee, und mir fehlt das tröstende, wärmende Gefühl, den schweren Becher in der Hand zu halten und an etwas Heißem und Süßem zu nippen. Trotzdem kann ich mich nicht aufraffen, Wasser aufzusetzen, die klapprige Schublade aufzuziehen, die richtige Menge an Teeblättern in ein Tee-Ei zu geben und das Ganze ausreichend lang ziehen zu lassen. Zu viele Handgriffe.

Stattdessen schenke ich mir ein Glas Saft ein und mache mir eine Schüssel Müsli. Mum schlurft in ihrem Morgenmantel in die Küche und sieht aus, als hätte sie seit Wochen nicht geschlafen.

„Danke, dass du die letzten Tage so viel geholfen hast, Schatz", sagt sie mit belegter Stimme. Vielleicht vom Schlaf oder der Trauer oder beides. „Du würdest ein großartiges Küchenmädchen abgeben."

„Ich weiß", murmele ich. Alle anderen Wörter bleiben mir im Hals stecken. Normalerweise würden wir jetzt losspinnen und überlegen, wie es wäre, in einem mittelalterlichen Schloss zu arbeiten, oder ich würde mich dramatisch darüber auslassen, dass ich mir die Finger bis auf die Knochen wund geschuftet hätte. Und Onkel Roderick hätte sich wie immer an einem englischen Akzent versucht und wäre kläglich gescheitert, oder er hätte so getan, als wäre er als Zimmermädchen etwas Besseres. Aber ohne ihn ist mir nicht nach Lachen zumute. Ohne ihn ist es nicht dasselbe.

Ich rühre mit dem Löffel in meinem Müsli, und Mum schlüpft auf die Veranda, um die Zeitung zu holen. Ihr ist auch nicht nach Lachen zumute, und wenn, dann würde sie es nur für mich versuchen.

Als sie wieder zurückkommt, wirft sie mir die Comicseite der Zeitung zu und macht sich einen Kaffee. Für Tee hatte sie noch nie viel übrig, wofür ich gerade sehr dankbar bin.

Ich starre auf den Comic, lese ihn aber nicht. Wahrscheinlich würde es mir wehtun, zu lächeln, so als wäre auf meinen Wangen eine Tonschicht getrocknet, die bei der kleinsten Bewegung meiner Lippen zerspringt. Als meine Augen anfangen zu kribbeln, schaue ich auf. Mum hat die Zeitung vor sich ausgebreitet, doch sie sieht mich an und guckt, als hätte sie noch mehr schlechte Nachrichten. Sobald ich ihrem Blick begegne, schluckt sie hörbar. Um ihre Mundwinkel haben sich neue Falten gebildet, und ihre Augen sind gerötet.

„Ich weiß, dass wir dich im Juli wieder ins Sommercamp schicken wollten“, sagt sie leise, und ich würde am liebsten rufen, dass sie aufhören soll, denn ich weiß, was jetzt kommt. Allerdings guckt sie gerade, wie im vergangenen Jahr so oft, schrecklich traurig, also tue ich das nicht. Mit ihren fransigen, dunkelblonden Haaren, den grünen Augen und dem spitzen Kinn sehen sich Mum und Onkel Roderick total ähnlich. Ich werde von der Sonne braun, während ihre blasse Haut verbrennt. Ich habe blaue Augen, eine größere Nase und dunklere Haare. Mein Vater hatte braune Haare. Ich lasse meine lang wachsen, weil ich dann nicht zum Friseur muss. Ich ziehe das Haargummi um meinen Pferdeschwanz fest. Der Schmerz an meiner Kopfhaut hilft ein wenig.

„Die Versicherung deines Onkels hat einen Großteil der Arztrechnungen übernommen, aber nicht die Kosten des Hospizes, und das war sehr teuer. Du musst dir keine Sorgen machen, wir werden nicht verhungern, aber wir haben gerade auch nicht viel Geld übrig. Ich werde alles tun, damit du einen schönen Sommer hast, versprochen, aber dieses Jahr ist das Camp völlig ausgeschlossen. Nächstes Jahr sieht es dann hoffentlich wieder anders aus. Das tut mir wirklich leid, Mücke.“

Das Sommercamp findet jedes Jahr im Juli statt. Wir übernachten auf dem Heuboden einer Scheune und sammeln im Hühnerstall Eier fürs Frühstück. Endlos spielen wir Fangen und Verstecken, gehen auf Nachtwanderungen, paddeln auf dem See und noch ganz viele andere Sachen. Ich schließe nicht besonders schnell Freundschaften, aber irgendetwas an dem tröstlich gleichbleibend schlechten Essen, dem tagesfüllenden Fangen- und Verstecken-Spiel und dem Erklimmen der Kletterwände bei Regen bringt uns auf eine Weise näher, wie es die Schule nicht schafft. Die Kinder im Camp kommen aus der ganzen Region Neuengland, und für mich ist es die einzige Zeit des Jahres, in der ich mich einer größeren Gruppe zugehörig fühle. Seit fünf Jahren gehe ich jeden Juli für mindestens ein paar Tage dorthin, und die letzten beiden Jahre bin ich den ganzen Monat über geblieben. Ich liebe das Sommercamp, und ich liebe Onkel Roderick. Jetzt habe ich keins von beiden mehr.

„Schon okay", sage ich. Was überhaupt nicht stimmt, aber es muss in Ordnung sein. Eigentlich hätte ich mir das denken können. Die ganzen Behandlungen und Medikamente waren bestimmt nicht billig, und Onkel Roderick konnte, seitdem er richtig krank geworden war, nicht mehr arbeiten. Mum war schon immer ehrlich zu mir, und dazu gehört auch, über Geld zu reden. Jammern, dass ich nicht ins Sommercamp darf, kann ich nicht, weil ich den Grund kenne. Abgesehen davon möchte ich Mum nicht zeigen, wie sehr es mich ärgert, weil sie sich dann nur noch schlechter fühlt, womit niemandem geholfen ist. Das Müsli in meiner Schüssel ist inzwischen völlig aufgeweicht. Ich mag es nicht aufessen. Bis jetzt habe ich sowieso nur einen Löffel davon herunterbekommen. Also schiebe ich mein kaum angerührtes Frühstück und den ungelesenen Comic zur Seite und sage Mum, dass ich nach draußen gehe.

Als ich an ihr vorbeigehe, nimmt sie mich in den Arm und hält mich fest. Ich möchte gerade nicht umarmt werden, halte es aber aus, weil ich weiß, dass diese Umarmung wichtig für sie ist. Außerdem muss ich ihr zeigen, dass ich nicht wütend bin, also drücke ich sie so lange, bis sie mich loslässt. Erst dann hole ich tief Luft. Es ist ein schöner Tag.

Uns gehört ziemlich viel Land um unser Haus. Statt eines Gartens haben wir eine große Wiese, woran ein Waldstück angrenzt, das ich erkundet habe, sobald ich laufen konnte. Durch den Wald fließt ein Bach, wo ich gerne ganze Tage auf einem Felsen sitze und lese, oder ich plansche durchs Wasser und versuche, Elritzen zu fangen. Onkel Roderick war oft mit mir im Wald und hat Geschichten über Erdgeister und Feen erzählt, die sich knapp außer Sichtweite verstecken, oder er hat mir essbare Pflanzen und giftige Beeren gezeigt. Wir hatten dann immer ein Mittagspicknick dabei, haben nach Wolkenfiguren Ausschau gehalten und sind so ruhig und still sitzen geblieben, bis Schlangen und Eichhörnchen ganz in unsere Nähe kamen. Ich fühlte mich nie einsam. Manchmal tat Onkel Roderick so, als sehne er sich nach dem glamourösen, lauten und bunten Großstadtleben, das er zurückgelassen hatte, aber eigentlich stopfte er unser großes Haus total gerne mit restaurierten Antiquitäten voll und hackte Feuerholz für den Winter.

Mein Fahrrad steht unter der Veranda. Ich ziehe es heraus, wische eine Spinne vom Lenker und steige auf. Während ich das Haus hinter mir lasse, versuche ich, so schnell zu werden, dass ich den Fahrtwind zwischen den Zähnen spüre. Dann denke ich daran, wie Onkel Roderick mir das Fahrradfahren beigebracht und meine Knie und Ellbogen verarztet hat, wenn ich stürzte. Ich weiß noch gut, wie ich ihn an kalten Herbsttagen mit dem Rad zum Bauernmarkt begleitete. Oder wie er mir zeigte, den Reifen zu wechseln, unsere Hände ganz dunkel und ölverschmiert waren und nach Gummi und Erde rochen.

Irgendetwas bahnt sich unerbittlich seinen Weg aus meinem Bauch in meinen Hals und hinter meine Augen. Ich bremse scharf, springe ab und laufe nach Hause, während mein Fahrrad am Rand der unbefestigten Straße liegen bleibt und ein Reifen sich einsam dreht.

* * *

An diesem Abend gehe ich früh ins Bett. Alles ist gerade einfach zu traurig. Ich schlafe schnell ein, doch plötzlich bin ich wach, und es ist genau so, wie in der Nacht, als er starb. Aber jetzt spüre ich nicht einmal mehr diese kalte Leere in mir. Dort, wo ich vorher Onkel Rodericks Wärme gespürt habe, fühle ich jetzt ... etwas anderes. Obwohl meine Augen noch geschlossen sind, weiß ich, dass irgendjemand in meinem Zimmer ist. „Ihre Augen waren fest verschlossen. Sie wusste, dass sie sich das bloß einbildete“, sage ich wie eine Erzählstimme in Gedanken und überlege, was ein Mädchen in einem Buch jetzt tun würde. Ich öffne meine Augen ein ganz klein wenig und versuche, etwas durch meine Wimpern zu erspähen, aber es ist zu dunkel. So dunkel, dass ich sie gefahrlos noch ein bisschen weiter aufmachen kann. Hoffe ich zumindest. Also tue ich das. Und dann sehe ich es.

Es? Ihn? Sie? Vor meiner geschlossenen Tür ragt undeutlich eine große und dunkle Gestalt auf. Ist das ein Schatten? Bewegt er sich?

Ich rühre mich nicht. Ich bin ganz, ganz still. Niemand kann wissen, dass ich wach bin. Ich halte die Luft an, und dann wird mir bewusst, dass ich nicht mehr atme. Jetzt weiß die Gestalt, dass ich wach bin, weil die Atemzüge im Schlaf doch lang und gleichmäßig sind. Als sie, als es anfängt, sich auf mich zuzubewegen, schalte ich schnell das Licht auf meinem Nachttisch an. Keine Ahnung, ob ich wirklich sehen will, was hier gerade passiert ...

... aber da ist nichts.

Es ist nicht das erste Mal, dass ich mich nachts bei uns im Haus fürchte. Aber es ist das erste Mal, dass mein Onkel nicht zu mir kommen wird, wenn ich vor Angst schreie.

Als ich klein war, hatte ich oft Albträume. Mum hat mich meistens nicht gehört, sie wird nur schwer wach, aber Onkel Roderick war immer sofort da und hat mir alles erklärt. Er wollte wissen, was der Traum wohl bedeuten könnte, ob er für etwas stand, wovor ich mich im echten Leben fürchtete, und was der Traum mir womöglich sagen wollte. Und indem wir darüber redeten, verschwand der Traum aus meinem Gedächtnis, und bereits am nächsten Morgen hatte ich ihn völlig vergessen.

Ich würde jetzt gerne nach ihm rufen und die Gewissheit haben, dass er zu mir hereinkommt, sich an mein Bett setzt und sagt, dass ich mich vor Geistern nicht zu fürchten brauche. Weil sie gar nicht wissen, dass es uns gibt, und in einer ganz anderen, fernen Welt leben.

Aber er ruht jetzt. In Frieden. Doch dieses Erlebnis hat sich nicht danach angefühlt, denke ich unweigerlich. Das war keine unbekannte Welt. Ich wusste, dass etwas in meinem Zimmer ist, und dieses Etwas wusste, dass ich wach bin. Was es von mir wollte, weiß ich allerdings nicht, und auch nicht, warum es gegangen ist.

Anschließend schlafe ich nur noch wenig, und als es hell wird, versuche ich mir einzureden, dass ich das alles nur geträumt habe. Und falls es doch kein Traum war, dann hat sich der Geist gar nicht so sehr von denen unterschieden, die sonst durch unser Haus streifen. Die haben mich bislang nie beachtet. Und auch noch nie verletzt.

Vier

Nach dem Frühstück warte ich vorne auf der Veranda, dass Mo kommt. Sie hat vorhin angerufen und gefragt, ob sie bei mir übernachten dürfe. Die Zeit vertreibe ich mir mit Onkel Rodericks abgegriffener Edgar Allen Poe-Geschichtensammlung. Ich war schon lange nicht mehr in der Bibliothek, und dieses Buch hat er mir immer an kalten Winterabenden vorgelesen. Wie gerne würde ich heute in dieser Hitze wenigstens kurz seine Stimme hören.

Unten an der Straße ruft jemand, und als ich aufschaue, entdecke ich Mo, die sich zu unserem Haus vorkämpft. Offenbar hat sie mein Fahrrad am Straßenrand gefunden, denn sie schiebt mit einer Hand meins und mit der anderen ihres die Auffahrt entlang. An den Lenkern hängen schwere Einkaufstaschen, und den Schlafsack hat sie sich unter den Arm geklemmt.

Also, ‚Auffahrt' ist vielleicht ein bisschen übertrieben. Das Stück zu unserem Haus ist einfach nur ein unbefestigter Weg, auf den man von der etwas größeren Schotterstraße abbiegt. Mit dem Fahrrad dauert es nur zwanzig Minuten von mir zu Mo oder umgekehrt, und wir fahren die Strecke mit dem Rad, seit wir uns kennen. Ich lege mein Buch zur Seite und springe über die Brüstung der Veranda, um ihr die Auffahrt herauf zu helfen.

„Hallo, Mücke", ruft sie. „Irgendwelche neuen Gespenster?"

Das fragt sie jedes Mal, wenn sie zu mir kommt, und ich gebe ihr immer dieselbe Antwort: „Nur die alten." Doch jetzt habe ich die letzte Nacht vor Augen und frage mich plötzlich, ob ich die Wahrheit sage. Schnell schüttel ich meinen Kopf, um den Gedanken wieder loszuwerden.

Mo nimmt die Einkaufstaschen vom Lenker, und ich schiebe mein Fahrrad wieder unter die Veranda. Es ist ein bisschen verbeult und schmutzig – vielleicht wäre „ramponiert" die passende Bezeichnung. Mir gefällt es so, wie es aussieht, weil es auch einem abenteuerlustigen Kind aus einer alten Detektivgeschichte gehören könnte. Mo hat vor Kurzem ein neues Fahrrad bekommen, das garantiert teuer war. Es ist rot-gold und edel und sieht genauso aus wie sie, falls ein Fahrrad überhaupt einer Person ähneln kann. Ihr altes Rad war mit *Hello Kitty*-Abbildungen übersät, aber da wir nie wirklich *Hello Kitty*-Fans waren, haben wir die Abbildungen vor langer Zeit mit Panzertape abgeklebt. Ich fand es cool, aber Mo sagte, dass sie herausgewachsen war, und meinte damit wahrscheinlich nicht ihre Größe.

„Danke, dass du es zurückgebracht hast", sage ich. Wenn ich ihr erzählen würde, dass ich es habe liegen lassen, weil ich auf einmal zu traurig zum Radfahren gewesen war, würde das in einer Unterhaltung inklusive Seufzer und mitleidiger Blicke enden, auf die ich keine Lust habe. „Ich hatte einen Krampf im Fuß und konnte nicht weiterfahren", lüge ich, „und wollte es später noch holen. Aber danke."

„Kein Problem. Ähm, ich weiß ja nicht, ob du darüber reden willst oder so", fängt sie an und nimmt ihr Fahrrad mit auf die Veranda. Ich halte die Luft an, damit das Stechen in meiner Brust nachlässt. „Aber das mit deinem Onkel tut mir leid. Er war wirklich der Beste."

„Ja“, antworte ich knapp, bevor sie noch anfängt, in Erinnerungen an Onkel Roderick zu schwelgen. Es kommt mir vor, als würde ich wieder in diesem alten Kleid stecken, das mir die Luft abschnürt. Sobald wir die Veranda betreten, öffnet sich, langsam quietschend, die Haustür. Mo macht einen Satz nach hinten und beäugt sie misstrauisch. „Es gibt keine neuen Gespenster“, versichere ich ihr wieder und hoffe, das stimmt.

„Okay“, sagt sie. „Aber du gehst zuerst rein.“

Als Mo und ich noch klein waren, sind wir nicht gut miteinander ausgekommen, doch das hat sich in den letzten Jahren geändert. Uns blieb auch nicht wirklich etwas anderes übrig. Als wir noch Kinder waren, eröffneten unsere Mütter zusammen ein Geschäft, und daher wuchsen wir praktisch wie Geschwister auf. Von allein hätten wir uns garantiert nicht angefreundet, aber ich bin froh, dass es so gekommen ist. Meistens jedenfalls. Jetzt sagen wir immer, dass wir beste Freundinnen sind, was irgendwie auch stimmt, obwohl der Gedanke an die Zeit, in der wir uns nicht mochten, nach wie vor unterschwellig da ist.

Mit allen anderen unserer Freundinnen und Freunde war Mo zuerst befreundet. Wenn jemand eine Übernachtungsparty gibt, nimmt sie mich manchmal mit. Oder eine Mutter fährt drei oder vier von uns Kindern in das eine Stunde entfernt gelegene Einkaufszentrum. Ansonsten spiele ich allein, oder eben mit Mo. Oder mit Onkel Roderick, aber daran möchte ich gerade nicht denken.

Wir rollen unsere Schlafsäcke wie immer im Wohnzimmer aus. Mo behauptet, das Erdgeschoss fühle sich weniger gespenstisch an als der erste Stock. Unseren Keller betritt sie gar nicht erst. Aber daraus kann ich ihr keinen Vorwurf machen.

„Hallo, Mo“, sagt Mum und kommt durchs Esszimmer zu uns. „Weißt du, ob deine Mutter die letzte Lieferung mit Material für meine Karten bekommen hat?“

„Noch nicht“, antwortet Mo. „Sie hat auch noch kein gutes Angebot für Briefumschläge gefunden. Du sollst sie anrufen, um zu überlegen, wie ihr einen neuen Anbieter findet.“

„Mache ich“, sagt Mum leichthin, doch ihr Gesichtsausdruck wirkt kurz sehr angespannt. Schneller, als ich blinzeln kann, schaut sie aber wieder normal. „Esst ihr Mädels mit mir“, fragt sie, „oder soll ich meiner Aufsichtspflicht lieber nicht nachkommen und euch den ganzen Abend über Popcorn und Eis essen lassen?“

Von der Gedenkfeier sind jede Menge Reste übrig, die uns noch für Wochen reichen. Außerdem möchte ich nicht, dass Mum allein isst. „Wir essen mit dir“, sage ich, und Mo nickt.

Wenn Mo und ich sonst Zeit mit unseren Müttern verbringen, überlegen wir uns normalerweise neue Sprüche für die Karten. Als nämlich mein Vater gestorben war, hat sich Mum über die vielen dummen Beileidskarten geärgert, die ihr geschickt wurden. Lauter Sonnenuntergänge, Blumen und Nachrichten über bessere Orte und dass alles aus einem bestimmten Grund geschieht. Sie entwarf daher ihre eigenen Karten, die sarkastisch und lustig sind, aber trotzdem Betroffenheit zeigen, und verkaufte sie an kleine Schreibwarengeschäfte in der Gegend. Mos Mutter kannte sich mit dem Onlinehandel aus und half meiner Mum, obwohl ihr Mann so viel verdiente, dass sie nicht zu arbeiten brauchte. Bald hatten die beiden ihre Grußkarten in Geschäften in der ganzen Region untergebracht. Wir sind nicht besonders reich, aber – wie Mum immer sagt – haben alles, was wir brauchen, und auch einiges von dem, was wir wollen.

Heute Abend hat allerdings keiner von uns Lust, kluge Gespräche zu führen oder sich über traurige Dinge zu unterhalten. Mo und Mum diskutieren über einen YouTuber, von dem ich noch nie gehört habe. Ihr Gelächter steigt zur Decke und klingt dumpf und ganz weit weg. Ich höre nicht mehr zu. Ein kleiner Bissen Kartoffelsalat. Ein Blatt vom Grünkohl. Die Hälfte eines halben Fleischklößchens. Alles schmeckt fad. An der Wand gegenüber hängt ein großer Spiegel, ich vermeide, hineinzuschauen, und schiebe stattdessen mein Essen auf dem Teller hin und her. Als ich zu Mum blicke, ist ihr Teller noch genauso voll wie meiner.

„Ich verstehe einfach nicht, warum jemand einer anderen Person dabei zusehen will, wie sie ein Onlinespiel spielt, wenn derjenige es doch einfach ... selber spielen könnte", sagt sie gerade. „Als ich in eurem Alter war, habe ich mich stundenlang mit Videospielen beschäftigt, aber wenigstens war ich die Person, die sie spielte."

„Ach, komm schon, Sabrina, hast du wirklich nie jemandem beim Zocken zugeguckt? Zum Beispiel einem älteren Jungen, den du mochtest und der dich eingeladen hat, damit du ihm beim Videospielen zuschaust. Das hast du doch bestimmt, oder?"

„Was genau weißt du denn darüber, was Jungs tun, wenn sie dich zu sich einladen?", fragt Mum und grinst sie an.

Dasselbe frage ich mich auch. Hat Mo plötzlich eine Ahnung davon, wie Dates funktionieren? Soviel ich weiß, hat sie noch nicht einmal mit einem Jungen Händchen gehalten.

Mo wird ein kleines bisschen rot. „Na ja, nicht viel, aber ich habe gehört, dass das früher so war. Oder noch immer so ist. Stimmt's?"

„Nun, vielleicht“, lenkt Mum ein. „Manchmal. Aber das ist trotzdem etwas anderes – wir waren wenigstens im selben Raum!“

„Ich sage ja bloß, dass es durchaus etwas hat, wenn man zuschaut, wie jemand zockt. Da muss man nicht mitmachen, um Spaß zu haben. Und es gibt eine Art Livekommentar, weil man mit den Leuten chattet, die auch zuschauen. Das ist fast so, wie im selben Raum zu sitzen.“

Mum dreht sich zu mir. „Was meinst du, Mücke? Bist du eher im Team ‚Echte Welt‘ oder im Team ‚Internet‘?“

Ich erstarre. Mo weiß zwar, dass ich nie YouTube-Videos mit ihr schauen will, aber vielleicht wird sie wütend, wenn ich für Mum Partei ergreife. „Äh ...“, sage ich zögernd.

Überraschenderweise springt Mo mir bei. „Oh, sie ist Team ‚Toter Baum‘. Mücke will einfach nur lesen, das weißt du doch. Haben wir in der Schule jemals ein Buch durchgenommen, das du nicht schon kanntest?“

Widerwillig schüttle ich den Kopf, und Mum muss lachen. Es ist schön, das zu hören, aber ich wünschte, sie würde über etwas lachen, das ich gesagt habe und nicht Mo. Mo ist die bessere Tochter, flüstert eine Stimme in meinem Kopf, weshalb ich aufspringe und möglichst fröhlich rufe: „Team ‚Toter Baum‘ meldet sich zum Dienst! Sollen wir abräumen?“

Mum zerknüllt ihre Serviette und lässt sie auf den Teller fallen, als wollte sie verstecken, wie wenig sie gegessen hat. „Danke, Liebes, aber darum kümmere ich mich. Schaut ihr beide nur einen Film und macht es euch gemütlich. Schön, dass du hier bist, Mo.“

„Danke“, erwidert sie. „Aber, ähm, könntet ihr mich ab jetzt Moira nennen?“

Mum hält beim Geschirrstapeln einen Moment inne und scheint nachfragen zu wollen, nickt dann aber nur. „Na klar, Moira. Gebt Bescheid, wenn ihr zwei noch etwas braucht."

Wir gehen ins Wohnzimmer, und ich lasse mich aufs Sofa fallen. „‚Moira'?", frage ich. So wird Mo sonst von niemandem genannt.

„Wir gehen bald auf die neue Schule, und ‚Mo' ist ein Name für Kleinkinder. Vielleicht solltest du da auch mal drüber nachdenken, ‚Mücke'." Ich zucke zusammen. Ich hasse den Namen, der auf meiner Geburtsurkunde steht, und benutze ihn nie. Wie es wohl wäre, mich auf der neuen Schule mit meinem echten Namen vorzustellen – Hi, ich bin übrigens ...

Einen Augenblick lang flackert das Licht. Mo springt erschrocken auf, schaut böse zu der Lampe aus filigranem Metall und schnappt sich eine der Einkaufstaschen, die sie mitgebracht hat. Normalerweise sind die voll mit Knabberzeug und DVDs, aber als sie sie heute ausschüttet, kullern Nagellack, Lipgloss und irgendwelche glänzenden Plastiksachen, die ich nicht kenne, auf den Boden. In der zweiten Tasche sind lauter Kämme, Bürsten und Produkte für die Haare.

Als wir klein waren, haben wir uns gerne allen möglichen Kram aus den Schmink-Vorräten ihrer Mutter oder aus Onkel Rodericks Kollektion ins Gesicht geschmiert und geschaut, wer am lustigsten aussah. Mich überkommt das ungute Gefühl, dass Mo – ‚Moira' – heute Abend aber etwas anderes vorhat.

„Wofür ist das denn alles?", frage ich und ziehe fest an meinem Pferdeschwanz. Als ich ihn loslasse, läuft mir eine Gänsehaut über den Rücken, und es fühlt sich so an, als säße jemand direkt hinter mir. Ich versuche, nicht zu erschaudern, denn wenn

Moira etwas Gespenstisches bemerkt, geht sie vielleicht nach Hause. Doch was auch immer sie vorhat – es ist besser, als allein zu sein.

„Wie schon gesagt, wir kommen auf die neue Schule." Sie sortiert den Nagellack und alle anderen Dinge in dem Haufen nach einem bestimmten Schema. Die glänzenden Verpackungen sind alle brandneu und ungeöffnet. Wahrscheinlich war sie einkaufen.

„Na und?", frage ich. „Gibt es irgendeine Vorschrift, die besagt, dass man sein Gesicht vollkleistern muss, bevor man das Gebäude betreten darf?"

Moira lacht, aber ich denke nicht, dass sie das lustig findet. „Nein, es gibt keine Vorschrift. Aber der erste Eindruck zählt! Ich habe gehört, dass sich alle Mädchen dort in Maplewood schminken und so. Na ja, vielleicht nicht alle, aber die meisten. Und ganz bestimmt die beliebtesten. Du willst doch schließlich auch einen Neuanfang, oder?"

Deshalb möchte sie also bei ihrem richtigen Namen genannt werden. „Das sind doch sowieso dieselben Leute, die wir schon kennen, und die haben einen ersten Eindruck von uns, seitdem wir fünf waren. Ein Neustart wird das dann wohl eher nicht, oder?", erwidere ich und denke, dass es wohl unwahrscheinlich ist, dass bei einem Schulwechsel die Erinnerungen, wie jemand vor drei Monaten ausgesehen hat, wie von Zauberhand verschwinden.

„Das stimmt doch gar nicht. Es gehen noch eine Menge anderer Kinder dorthin. Und außerdem verändern sich Leute manchmal über die Sommerferien. Mal ehrlich, willst du, dass es an der neuen Schule genauso wird wie die letzten sieben Jahre auf der alten? Ich garantiert nicht."

Wahrscheinlich hat sie recht. Will ich wirklich, dass es auf der weiterführenden Schule genauso wird wie in der Grundschule? Ich wurde zwar nicht gemobbt oder so, doch gute Freunde hatte ich keine. Ich habe es nie darauf angelegt, aber alle hielten mich für den Liebling der Lehrer. Dabei war ich einfach nur leise und habe mich auf meine Aufgaben konzentriert, weil ich die meistens einigermaßen interessant fand. Gute Noten zu bekommen, war für mich wie ein Spiel, in dem ich immer gewann. Allerdings habe ich mir nie die Mühe gemacht, den anderen das zu erklären. Es hätte ohnehin nichts gebracht. Wenn Mo beim Mittagessen nicht zu mir kam, setzte ich mich in eine Ecke, aß allein und las ein Buch. Manchmal fragte sie mich, ob ich mit an einen Tisch zu den anderen Kindern kommen wollte, aber ich lehnte immer ab. Und ich könnte wetten, dass sie erleichtert darüber war. Selbst als ich versuchte, wie die beliebtesten Mädchen zu sein, wurde ich nie richtig akzeptiert, während Mo den Schulmädchen-Code knackte und dazugehörte, ohne es überhaupt darauf anzulegen.

So wie vor zwei Jahren zum Beispiel, als Mos Großmutter ihr zu Weihnachten ein Stoff-Stinktier schenkte. Eigentlich etwas für Babys und nicht für eine Viertklässlerin, aber Mo fand es niedlich und nahm es mit in die Schule. Am nächsten Tag hatte ein Mädchen ihren Stoff-Hasen dabei. Und am Tag darauf brachten die meisten Kinder aus der Klasse ein Stofftier mit. Sogar einige der Jungs. Solange wir uns davon nicht ablenken ließen, dürften wir sie auf unsere Tische setzen, sagte unser Lehrer. Also nahm ich am nächsten Tag auch eines mit, nur hatte ich kein Tier, sondern ein seltsames Pest-Bakterium aus Stoff. Mum hatte es für mich – in einem verrückten Touri-Laden, als wir einen Ausflug machten – ausgesucht, keine Ahnung, warum, aber ich fand es witzig.

Damit war ich in der Schule jedoch allein, und die anderen Kinder verbreiteten das Gerücht, dass man eine schreckliche Krankheit bekäme, wenn man neben mir säße. Ich wurde schon immer von allen Mücke genannt, aber plötzlich zogen sie mich damit auf. „Mücke hat 'ne Macke" und so etwas in die Richtung. Mo machte nicht mit, aber große Reden darüber, warum es cool ist, anders zu sein, schwang sie auch nicht. Das wäre für uns beide viel zu peinlich gewesen, auch wenn Lehrer oder Bücher immer behaupten, wie wichtig es ist, einzigartig zu sein. Am nächsten Tag brachte ich eine Eichhörnchen-Handpuppe mit, aber da war der kurzlebige Trend schon wieder vorbei, und außer Mo wollte wochenlang niemand neben mir sitzen. Das war die einzige Zeit in meinem Leben, in der ich überlegte, meinen richtigen Namen zu verwenden.

„Such dir eine Farbe aus", ermuntert Moira mich. „Ich lackiere dir die Nägel." Ich greife nach irgendeiner Flasche, auf dem Etikett steht „Erdbeertraum", und gebe sie ihr. Ein wenig Übung kann wahrscheinlich nicht schaden.

Als sie mir sorgfältig die Nägel lackiert, steigt mir der beißende Geruch in die Nase. Er erinnert mich daran, als wir kleine Kinder waren. Damals hatten wir keine Erbeertraum-Farben und bemalten stattdessen jeden Nagel in einem anderen Blauton, unterschiedlichen Weihnachtsfarben oder allen Schattierungen des Regenbogens. Das sah meistens so aus, als hätten wir unsere kompletten Finger in die Nagellackflasche getaucht. Dieses methodisch präzise, sorgfältige Auftragen ist neu.

„Vielleicht solltest du deine Mutter mal fragen, ob sie mit dir einkaufen geht", sagt Mo, während sie sich konzentriert meine Nägel vornimmt und dabei die Stirn krauszieht. „Du willst im neuen Schuljahr doch nicht mit denselben alten Klamotten rumlaufen, oder?"

Darüber habe ich, ehrlich gesagt, noch nicht nachgedacht. „Darüber habe ich, ehrlich gesagt, noch nicht nachgedacht", antworte ich.

„Also, wenn du willst, kann ich mitkommen und dir ein paar hübsche neue Outfits aussuchen", sagt sie. „Natürlich kannst du deinen eigenen Stil haben, aber wahrscheinlich ist es keine so gute Idee, wenn du dich weiterhin wie ein Junge anzuziehst."

Sie sagt das so, als wäre es sonnenklar, aber mir ist das neu. Ich schaue an mir herunter – zu meinen abgeschnittenen Jeansshorts und meinem schlabbrigen T-Shirt. „Ziehe ich mich an wie ein Junge?", frage ich. „Wenn, dann mache ich das jedenfalls nicht mit Absicht. Ich ziehe mich einfach an wie ... keine Ahnung. Ich nehme halt das, was da ist."

Mo muss lachen. „Es gibt eine Menge Jungen, die besser angezogen sind als du. Vielleicht sollten wir dir eine rosafarbene Fliege kaufen. Ja, das könnte funktionieren. Komm schon, das wird bestimmt lustig." Ich glaube nicht, dass sie mich ärgern will, aber es gibt wohl keine nette Art, jemandem zu sagen, dass er etwas falsch macht ... Was ich anscheinend tue.

Ich weiß nicht, was ich antworten soll. Ich will keinen eigenen Stil. Plötzlich fühlt es sich so an, als würden mein altes T-Shirt und meine Shorts an mir kleben. Mo lackiert mir immer noch die Nägel. Mir wird ganz flau und übel, mein Herz schlägt heftig. Mo scheint nicht aufzufallen, dass etwas nicht stimmt. Dann lässt sie meine Hände los.

„Voilà! Eine WÜN-der-schön Maniküre für die WÜN-der-schön jung Madame. Und nun die Gesicht“, verkündet sie mit schlecht nachgemachtem französischem Akzent. Ich schließe die Augen und zwinge mich, ganz still sitzen zu bleiben, als sie anfängt, an meinem Gesicht herumzuwerkeln. Das hat nichts mit unseren Schminkaktionen von früher zu tun. Ich frage mich, ob sie das geübt hat oder ob das auch so eine Sache ist, die sie, im Gegensatz zu mir, plötzlich einfach beherrscht.

Federleicht bewegt sie ihre weichen Finger von meinen Augen zu meinen Wangen und Lippen, und ich atme nur flach, aber gleichmäßig. Mein ungutes Gefühl weicht etwas kribbelig Leichtem. Obwohl ich immer nur einen Pferdeschwanz trage, gefällt es mir, wenn jemand mit meinen Haaren irgendwelche Frisuren ausprobiert, und das gerade fühlt sich genauso gut und beruhigend an. Wenn so etwas in Büchern passiert, wird es immer friedlich und freundlich beschrieben und endet manchmal in einer Verwandlung. Vielleicht ist dieses ganze ‚Mädchen-auf-weiterführenden-Schulen-Ding‘ gar nicht so schlimm.

Viel zu früh nimmt Mo – Moira – ihre Hände weg. „Fer-tiiisch“, verkündet sie. Wir gehen ins Esszimmer, um ihr Meisterwerk zu bewundern. Ich muss die Augen schließen, bis sie mich vor dem Spiegel platziert hat.

„Drei ... zwei ... eins ... jetzt darfst du gucken!“

Ich öffne die Augen und schreie auf.

Moira springt einen Riesensatz zurück. „Oh Gott! Was ist?“

„Nichts. Bin nur überrascht ... Alles okay“, krächze ich, obwohl mir vor Schreck fast das Herz stehen geblieben ist. Auch wenn ich mich inzwischen daran gewöhnt habe, dass ich mein Gesicht in den Spiegeln unseres seltsamen Hauses nicht immer erkenne, habe ich die Gestalt, die mir jetzt entgegenblickt, noch nie gesehen.

Ich schlucke den ersten Schreck herunter und betrachte das Spiegelbild – *mein* Spiegelbild – genauer. Ich sehe eine Fremde, allerdings eine hübsche. Ich erkenne noch immer mein eigenes Gesicht, doch es fühlt sich so an, als würde ich in das Gesicht meines Zwillings blicken, jedenfalls, wenn mein Zwilling ein hübsches Mädchen wäre. Mir wird wieder übel und ich fühle eine Mischung aus Überraschung, Scham und Neugierde. Ich hätte nie gedacht, dass ich so aussehen kann, und weiß nicht so genau, was ich davon halten soll. Wenn Mädchen in Büchern oder Filmen umgestylt werden, sind sie von ihrem neuen Aussehen immer begeistert. Aber vielleicht passiert das auch nur in Geschichten, und es ist normal, sich so zu verhalten, als hätte man einen Geist gesehen?

Moira mustert kritisch mein Spiegelbild, und plötzlich wird mir schwindelig. Dieses neue Gesicht fühlt sich noch eigenartiger an, wenn ich überlege, wie es wohl durch ihre Augen aussieht. Doch Moira scheint nicht erschrocken zu sein, sondern sagt ganz sachlich: „Das nächste Mal nehme ich weniger Rouge und einen dunkleren Lidschatten. Aber es ist ein guter Anfang! Oder was meinst du?“

Was meine ich? Das frage ich mich auch. Ich hole tief Luft und versuche, das flaue Gefühl in meinem Magen wegzuatmen. Ich sehe gut aus. Ich sehe mir aber nicht ähnlich. Mir gefällt das Gesicht im Spiegel, doch wenn ich mir vorstelle, so das Haus zu verlassen und von irgendwelchen Leuten, Kindern in meinem Alter oder Lehrern gesehen zu werden, wird mir total schlecht. Ich halte die Luft an, bis das Gefühl vorübergeht. Moira kann ich das alles nicht erzählen, schließlich will sie mir unbedingt helfen, obwohl ich mit der Art von Hilfe nichts anfangen kann.

„Es sieht gut aus“, sage ich. „Allerdings fühlt sich mein Gesicht seltsam an. Steif. Kann ich die Schminke jetzt abmachen?“

„Ich schätze schon“, meint Moira und wirkt enttäuscht. Womöglich sogar ein wenig verletzt. „Ein paar Sachen habe ich extra für dich gekauft, damit du üben kannst. Du siehst so total hübsch aus!“

„Ja“, murmle ich. „Hübsch.“ Wenn mich jemand fragen würde, ob ich hübsch sein will, würde ich natürlich mit Ja antworten, wer will das nicht? Trotzdem renne ich jetzt beinahe ins Bad und wasche alles ab. Das stellt sich schwieriger heraus als erwartet, und eine Weile gleicht mein Gesicht einer Gruselmaske aus einem Horrorfilm. Irgendwann ist meine Haut rot und fleckig, aber sauber. Im Gegensatz zur Schminke verschwinden die letzten Spuren meiner Aufregung und meines Unbehagens nicht im Abfluss.

Als Nächstes lässt Moira mich zuschauen, wie sie sich schminkt, um mir zu zeigen, wie das geht. Kristallklare Erinnerungen steigen in mir auf: Wir zwei in Onkel Rodericks Zimmer, während er sein Gesicht schminkt. Als er noch in New York lebte, arbeitete er als Dragqueen, und er sagte oft, dass er diese Fertigkeiten nicht verlieren wolle, auch wenn er jetzt hier lebe. Mo und ich sahen ihm total gern zu, wenn er sich schminkte. Es war wie in einer Fernsehshow. Einmal fragte ich, ob ich auch eine Dragqueen sein könnte, woraufhin Moira mir erklärte, dass das nur etwas für Jungs sei. Onkel Roderick aber meinte, ich könne alles werden, was ich wolle. Moira fragte ihn gern nach Schminktechniken und -tipps, und manchmal durfte sie ihm mit dem Pinsel Rouge auf die Wangen tupfen oder Grundierung auf sein Kinn verteilen. Vielleicht hätte ich das Make-up ja nicht so schnell abgewaschen, wenn ich mir vorgestellt hätte, ich wäre eine Dragqueen. Aber das ist lächerlich.

Moira sieht mir wohl an, dass mir der Schminkunterricht keinen Spaß macht, denn sie hat endlich Erbarmen und wechselt das Thema.

„Ich überlege, ob ich in die Schulband gehen und Flöte oder Klarinette spielen soll. Oder vielleicht ins Jahrbuch-Komitee, dann kann ich von allen Fotos machen!"

„Klingt gut", sage ich und untersuche den Wimpernformer. Wer formt sich überhaupt die Wimpern?

„Was ist mit dir? Vielleicht wäre ja die Softball- oder Leichtathletik-Mannschaft etwas für dich."

„Du weißt, dass ich Sport hasse."

„Stimmt, aber hast du es jemals wirklich ausprobiert? Vielleicht würde es dir ja gefallen! Außerdem ist es cool, wenn du als Mädchen gut in Sport bist. Es gibt natürlich noch andere Möglichkeiten. Die Schülervertretung, zum Beispiel. Oder mit mir zum Jahrbuch. Mal ernsthaft – irgendetwas solltest du dir aussuchen."

„Warum?", frage ich. „Ich habe mir noch nie besonders viel aus Clubs, Sportmannschaften oder sonst was gemacht. Wie kommst du darauf, dass sich das nur wegen der neuen Schule ändert?"

Moira säubert die Make-up-Pinsel mit einem Reinigungstuch. Zwischen uns breitet sich Stille aus. Sie schaut mich nicht an, denkt aber offensichtlich über eine Antwort nach. „Du musst dich nicht ändern", beginnt sie vorsichtig, „aber möchtest du es denn gar nicht? Alle meine anderen Freundinnen kenne ich, weil ich ‚irgendetwas' gemacht habe. So konnte ich Leute treffen, die sich für dieselben Sachen interessieren wie ich, verstehst du. Und in der neuen Schule gibt es so viele Angebote! Neue Leute, neue Sachen. Hast du keine Lust darauf, nach der Schule noch etwas anderes zu machen als Hausaufgaben?“

„Ich möchte nicht, dass sich noch mehr ändert“, murmle ich und fange an, den Erdbeertraum von meinen Fingernägeln zu knibbeln.

Sie erstarrt, dann schaut sie mich an. Das hätte ich nicht sagen sollen. Ich möchte nicht darüber reden. Bis jetzt hatte ich mich ja auch auf die neue Schule gefreut, auf die Bücher und die neuen Dinge, die wir dort lernen. Doch plötzlich stelle ich mir vor, wie die Flure von Mädchen gesäumt sind, die wie Fernsehstars aussehen und lachend auf mich zeigen.

Zugegebenermaßen sieht Moira nun so aus, als hätte sie ein richtig schlechtes Gewissen. „Es tut mir leid, Mücke. Vor allem, weil dein Onkel doch gerade erst gestorben ist. Aber wenn wir in die neue Schule gehen, möchte ich nicht, dass wir uns ausgeschlossen fühlen. Wir müssen uns etwas einfallen lassen, bevor es zu spät ist.“ Dabei spricht Moira nicht aus, dass ich diejenige bin, die ausgeschlossen werden wird, und nicht sie. Und dass sie mir vielleicht nicht mehr zur Seite stehen wird, auch nicht.

Hat sie möglicherweise recht? Ich habe keine Ahnung. „Kann ich darüber nachdenken?“, frage ich. Gerade wird mir das alles zu viel. Wahrscheinlich möchte sie, dass ich gut vorbereitet bin, aber irgendwie habe ich den Eindruck, es geht bei diesen Ratschlägen gar nicht wirklich um mich. Sie sorgt sich stärker um ihr zukünftiges Ich als um mein aktuelles.

„Klar“, sagt sie mit einem leicht gezwungenen Lächeln. „Du hast ja noch den ganzen Sommer.“ Vor meinem inneren Auge breiten sich langsam die kommenden Wochen aus, und die Ziellinie flimmert wie eine Fata Morgana in der heißen Luft. Keine Ahnung, wer ich sein werde, wenn ich sie übertrete.

Fünf

Ich kann nicht schlafen. Das Gesicht im Spiegel füllt die Dunkelheit hinter meinen Augenlidern. Natürlich weiß ich, dass ich ein Mädchen bin, aber so habe ich mich noch nie gesehen. Also, als echtes Mädchen, das auch so aussieht. Mir ist bewusst, dass ich mich oft verstelle und ständig beobachte, wie andere Mädchen sich verhalten, und es trotzdem nie richtig mache. Das Mädchen aus dem Spiegel sah so aus, als würde sie alles hinbekommen.

Onkel Roderick hat mich immer richtig verstanden. Einmal brachte er einen Mann zum Abendessen mit, einen potenziellen festen Freund namens Parker, der in Boston in der Modebranche arbeitete. Nach dem Abendessen erzählte er von all den hübschen Kleidern, die er für mich machen würde, und skizzierte sie auf seinem Tablet. Zwar würden wir auf dem Land leben, aber trotzdem müsste ich mich nicht so kleiden, sagte er. Ich kritzelte mit dem Kugelschreiber auf dem Stoff meiner abgewetzten Jeans herum, bis er ging. Onkel Roderick brachte ihn danach nie mehr mit nach Hause. Am darauffolgenden Tag nahm er mich in seinem schäbigsten Outfit mit zum Wandern, wir bauten aus Ästen und Stöcken eine Festung und wurden dabei so richtig dreckig.

Ich höre ein Rascheln, wahrscheinlich setzt Moira sich in ihrem Schlafsack hin. Sie muss nachts immer noch mal pinkeln, nichts Ungewöhnliches also, aber dann schreit sie plötzlich aus Leibeskräften.

Ich schrecke in meinem Schlafsack hoch: „Was ist? Was hast du?“ Im Zimmer ist es stockdunkel.

„Ich weiß nicht! Es tut weh! Hilf mir!“

Ich taste nach der Lampe. Licht durchflutet das Zimmer, Moira sitzt auf dem Boden und umklammert ihren linken Fuß, Blut quillt zwischen ihren Fingern hervor.

„Was ist passiert?“ Ich stürze zu ihr, auf dem Teppich sind Glassplitter und eine klebrige, pinkfarbene Flüssigkeit verteilt.

„Ich weiß nicht“, sagt sie wieder und klingt noch immer panisch. „Ich bin aufgestanden und wollte ins Bad, und dann bin ich ... Oh mein Gott, was ist das? Ist das Blut?“ Sie fängt an zu schluchzen, und ich umarme sie ungeschickt, bis sie sich wieder beruhigt hat.

„Das ist ganz bestimmt kein Blut“, sage ich und stochere in dem Haufen aus Glas und Farbe herum. Durch den chemischen Geruch fällt mir das Atmen schwer. „Für Blut ist das viel zu pink. Es sieht so aus, als wäre eins deiner Fläschchen mit Nagellack zerbrochen.“ Und zwar der Erdbeertraum, aber diese Information ist für Moira im Moment nicht wichtig. „Zeig mir mal deinen Fuß.“

Normalerweise macht Moira Blut nichts aus, aber als sie mir dabei zuschaut, wie ich ihr die Glassplitter aus der Haut ziehe, wimmert sie. Ich habe keine Ahnung, wie ich den Nagellack von ihrer Fußsohle bekommen soll, deswegen hole ich wenigstens Pflaster aus dem Bad und verarzte sie. Zum Glück schläft Mum wie ein Stein. Wenn sie uns gehört hätte, wäre sie sofort angerannt gekommen, aber ich finde, wir müssen sie wegen der Sache nicht wecken.

Mir schwirrt eine Frage durch den Kopf, die ich lieber verdrängen würde. Doch während Moira sich allmählich beruhigt, spricht sie sie aus.

„Ich kapiere das nicht“, sagt sie. „Wie ist das Fläschchen dorthin gekommen? Ich dachte, ich hätte es zu den anderen Sachen gepackt. Und wie zum Teufel ist es zerbrochen?“

„Vielleicht ist es hingerollt?“, schlage ich vor und klinge nicht besonders überzeugend, rede aber weiter. „Und kaputtgegangen ist es dann wahrscheinlich, als du draufgetreten bist.“

Moira schüttelt entschieden den Kopf. „Nein, das war es schon, sonst hätte ich ja gespürt, wie es zerbricht. Die Scherben waren schon da, und ich bin mitten hineingetreten.“ Ihre Stimme klingt so, als würde sie gleich wieder anfangen zu weinen. „Du hast doch gesagt, es gibt keine neuen Gespenster.“

„Stimmt ja auch. Wir kümmern uns morgen früh darum, ja?“, schlage ich vor und hoffe, dass sie nicht hört, wie unsicher ich bin. Die alten Geister hätten so etwas schließlich nie getan. Sie tun uns nichts – Schluss, aus.

„Ich will nach Hause“, schnieft sie.

„Es ist mitten in der Nacht“, sage ich. „Lass uns versuchen, wieder zu schlafen. Und du kannst nach Hause gehen, sobald es hell wird.“ Sie zieht ihren Schlafsack eng an meinen heran, und während wir nach splitterndem Glas und anderen Geräuschen lauschen, schlafen wir beide nur schwer ein.

* * *

Ich werde vom Duft nach Pfannkuchen und Speck geweckt. Moira schläft noch tief und fest und sabbert ein bisschen. Nach dieser aufregenden Nacht möchte ich sie nicht wecken, tapse in die Küche und blinzle ins Morgensonnenlicht. Mum werkelt herum, den Speck hat sie neben sich auf einen Teller gestapelt, und die Pfannkuchen brutzeln in unserer großen alten, gusseisernen Pfanne. „Morgen", murmle ich gähnend.

„Guten Morgen, Sonnenschein, wie war eure Pyjamaparty? Schläft Mo – Moira – noch?"

Ich erzähle ihr von Moiras Unfall. Mum vermutet, dass eine Maus den Nagellack umgestoßen und Moira das Fläschchen doch beim Drauftreten zerbrochen hat, ihr das aber nicht aufgefallen ist, weil sie noch im Halbschlaf war. „Aber sag ihr das lieber nicht, sonst macht sie sich womöglich Gedanken über Krankheiten, die von Mäusen übertragen werden."

„Wahrscheinlich. Deine Theorie könnte stimmen", sage ich. Das könnte sie wirklich, irgendwie jedenfalls. Ich denke aber nicht, dass Moira schwer genug ist, um ein Nagellackfläschchen zu zerbrechen, wenn sie barfuß darauftritt. Wenn ich das sagen würde, hätte Mum bestimmt eine andere logische Erklärung parat. Ich öffne schon den Mund, auch, um ihr von dem Umstyling zu erzählen, bekomme aber kein Wort heraus. Das wäre zu kompliziert. Also nehme ich mir etwas zum Frühstücken und setze mich mit meinem Teller an den Tisch.

Moira kommt ein paar Minuten später und sieht so fertig aus, wie ich mich fühle. Ein schöner starker Schwarztee würde uns guttun, doch ich schlage es nicht vor. Sie tritt vorsichtig auf und humpelt ein bisschen. „Mmm, Pfannkuchen. Danke, Sabrina."

„Sehr gerne, Moira. Mücke hat mir von dem Unfall letzte Nacht erzählt – wie geht es deinem Fuß?“

„Ganz gut, glaube ich. Aber es war total unheimlich. Ich habe keine Ahnung, wie das passiert ist.“ Ihre Stimme zittert ein wenig, aber sie muss nicht wieder weinen.

„Das klingt wirklich unheimlich! Warum habt ihr mich nicht geweckt?“

Wir zucken beide mit den Schultern. Mum hat so viele Nächte an Onkel Rodericks Seite verbracht, da wollte ich ihr nicht den Schlaf rauben. Ich frage mich, ob sie das vermutet, denn sie lässt das Thema fallen. „Na ja, Süße, bestimmt gibt es eine logische Erklärung dafür. Aber es blutet nicht mehr, oder?“ Moira nickt. „Gut, dann nimm dir ein paar Pfannkuchen.“

Nach dem Frühstück bricht Moira recht bald auf, was natürlich in Ordnung ist. Zum Glück hat sie nichts mehr von unseren Schmink-Experimenten erzählt und meine Mutter nicht gefragt, weshalb diese Unmengen Mascara, Rouge und Nagellack auf dem Wohnzimmerboden herumlagen. Ich versuche, den Erdbeertraum aus dem Teppich zu bekommen, und schrubbe mit jeder Reinigungslösung daran herum, die ich finden kann. Dabei überlege ich, wie der Nagellack mitten auf den Teppich gekommen und das Fläschchen zerbrochen sein könnte. Aber es gibt keine vernünftige Erklärung.

Die einzige Möglichkeit, die Farbe zu entfernen, besteht darin, den Teppich mit der Nagelschere zu kürzen. Als Mum hereinkommt, erstarre ich. Womöglich sollte ich es besser lassen, an etwas herumzuschneiden, was nicht nachwächst, aber sie sagt nichts dazu. Stattdessen setzt sie sich neben mich und fragt, was Moira und ich gestern Abend getrieben haben.

Ich konzentriere mich weiter auf den Teppich und versuche, so wenig wie möglich abzuschneiden. „Sie hatte ein paar Schminksachen dabei. Wir haben damit herumprobiert. Weil es auf der neuen Schule anders wird, meint sie."

Mum holt tief Luft und atmet langsam aus „Soll ich dir auch ein paar Schminksachen kaufen?"

Ich schüttle den Kopf. Es fällt mir schwer, etwas dazu zu sagen. Wir wissen beide, dass in Onkel Rodericks Zimmer eine riesige Kollektion Schminke steht, die keine von uns anrühren wird. „Nein", krächze ich. „Danke. Vielleicht irgendwann mal."

„Wann immer du so weit bist, Süße." Ihre Stimme zittert ein klein wenig. Ich kann mir nicht vorstellen, wie sich das ‚So-weit-Sein' anfühlen soll. Mum lässt mich mit dem Teppich allein, und bald sieht er so aus, als wäre an der Stelle ein schlechter Friseur am Werk gewesen. Ich gebe auf und gehe nach draußen.

Onkel Roderick hat sich immer beschwert, dass man hier nirgendwo ordentliche Schminke kaufen kann. Jedes Mal, wenn er in New York seine Dragqueen-Freunde besuchte, kam er mit einem kleinen Koffer voll ausgefallener Marken zurück. Manchmal fotografierte Mum ihn, wenn er sich zurechtgemacht hatte.

Als Dragqueen nannte er sich Anita Life. Ich habe mich darüber immer schlappgelacht und mir noch albernere Namen überlegt: Anita Bad, Ivanna Pippi. Dumme Kindersachen eben. Als ich älter wurde und verstand, was er alles aufgegeben hatte, um mit Mum und mir hierherzuziehen, kam mir sein Künstlername ein wenig traurig vor. Hoffentlich fühlte er sich nicht so. Jetzt ist es zu spät, um das zu erfahren.

Mum hat sich im Gegensatz zu ihm noch nie geschminkt. Zumindest nicht, solange ich sie kenne. Ihre Shirts und Jeans strotzen vor Kleber, Farbe und Filzstift. Auf alten Fotos, gemeinsam mit meinem Vater, war sie herausgeputzt, hatte rot geschminkte Lippen und gestylte Haare, doch hier draußen, am Ende der Welt, gibt es nicht besonders viele Gelegenheiten, um sich schick zu machen. Ich frage mich, ob sie das vermisst oder ob sie so glücklicher ist.

Der nächste Ort liegt ungefähr acht Kilometer von uns entfernt. Dort gibt es ein Lebensmittelgeschäft, ein Postamt, eine Bibliothek und noch ein paar andere kleine Läden. Zur nächstgrößeren Stadt brauchen wir eine Stunde mit dem Auto, wobei, eigentlich ist die Stadt auch eher ein größerer Ort.

Zur nächsten Bushaltestelle laufen wir zehn Minuten von unserem Haus. Der Bus, mit dem ich zur Grundschule gefahren bin, hat einige Kinder schon eine Stunde vor mir eingesammelt, und dann dauerte es noch einmal eine Stunde, bis wir an der Schule waren, weil auf dem Weg noch andere Kinder abgeholt wurden. In unserer Nähe wohnen kaum Menschen, Nachbarschaften gibt es nicht. Und in einem Stau habe ich auch noch nie gestanden.

Viele Kinder aus meiner Schule beschweren sich darüber, wie einsam es hier draußen ist. Sie reden ständig davon, dass sie viel lieber in einer Stadt leben würden oder wenigstens in einem größeren Vorort mit Einkaufszentren und Fast-Food-Ketten, die man schnell mit dem Fahrrad erreichen kann. Hier haben viele Häuser, unseres eingeschlossen, nicht einmal Kabelfernsehen oder stabiles Internet. Deshalb ist meine Mutter für die kreativen Dinge in ihrem Geschäft zuständig, und Ellen kümmert sich ums Geschäftliche, weil bei Moira zu Hause das WLAN besser ist. Denn wenn eine vorüberziehende Wolke – oder ein Geist – deine Internetverbindung ständig unterbricht, gestaltet sich die

Kommunikation schwierig. Moira hat ihre Mutter erfolgreich um ein Handy angebettelt, aber bei uns im Haus haben wir nicht einmal Empfang. Vielleicht hätte ich trotzdem um eins gebettelt, wenn es jemanden gäbe, den ich anrufen könnte.

Trotz allem liebe ich es hier draußen. Würde ich in der Nähe eines Einkaufzentrums, eines Badeortes oder einer Hauptstraße wohnen, hätte ich wahrscheinlich immer wieder bei denselben Geschäften vorbeigeschaut, ohne je etwas zu kaufen, und wäre dabei ständig denselben alten Leuten oder austauschbaren Touris begegnet. Ich wäre mit den Kindern aus der Gegend, die sich genauso langweilen würden wie ich, befreundet oder verfeindet oder irgendetwas dazwischen. Vielleicht würde eines der Kinder in den Geschäften klauen und ein anderes andere Kinder mobben, aber niemand sich dafür interessieren. Ich wäre das Kind, das keiner so sehr mögen würde, um es einzuladen, aber auch nicht als so unsympathisch gelten, um es zu meiden. Einen Grund, mich mit anderen zu zerstreiten, gäbe es nicht, aber irgendwie wüsste ich auch, dass ich immer außen vor bleiben würde.

Hier zu leben bedeutet, dass ich nie eine andere Wahl hatte, als allein zu sein, aber auch, dass ich mich deswegen nicht schlecht fühlen musste.

Natürlich war ich nie wirklich ganz allein. Onkel Roderick war immer für mich da. Womöglich sehne ich mich jetzt, wo er nicht mehr da ist, ja nun doch bald nach einem Einkaufszentrum. Ich hoffe nicht.

Sechs

Da für mich dieses Jahr das Sommercamp ausfällt, verbringe ich ganze Tage im Freien. Ich starre zu den Wolken, klettere auf Bäume, lese. Oder suche im Bach nach Elritzen. Wie eine Figur aus einem Buch – eine altmodische Geschichte über eine heile Kindheit, bevor es das Internet gab. Auch wenn wir bei uns zu Hause kaum Empfang haben, weiß ich natürlich trotzdem, dass es das gibt, und manchmal zeigt Moira mir Memes oder Videos oder so was. Es ist ein großer Unterschied, ob man das Internet kennt, es aber nicht nutzen kann, oder ob es gar nicht existiert. Ich vermisse es nicht, weiß aber, dass ich gleichzeitig eine Menge verpasse.

„Das Mädchen rannte barfuß über die Wiese, eine warme Brise strich über ihr Gesicht", stelle ich mir vor. Es klingt, als hätte dieses Mädchen Spaß.

Sie klopfte den Schmutz von ihrer abgeschnittenen Jeansshorts. Ich könnte jetzt gut eine Limonade vertragen, dachte sie und wischte sich den Schweiß von der Stirn.

Ich wäre gerne dieses Mädchen. Und nicht ich selbst. Alles, was sie tut, klingt bedeutsam. Und auf eine Weise real, wie es mein Leben nicht ist. Wenn ich Dinge tue, sind das einfach ... nur Dinge, die ich tue. Da ist keine mutige Heldin, sondern einfach ... nur ich. Selbst wenn ich bei uns auf der Veranda sitze und lese, klingt es interessanter, wenn ich mich so verhalte, als wäre ich eine Figur aus einem Buch, die das gerade macht: Auf der Veranda sitzend, liest sie ein Buch, statt ich lese gerade ein Buch auf der Veranda.

Ich sollte dankbar sein, dass Onkel Roderick am Anfang des Sommers gestorben ist. Im Winter mit seinen durchsichtigen, spitzen Eiszapfen, die von der Dachrinne hängen, wäre es zu eisig, um draußen zu sein. Der Frühling wäre zu nass und noch immer zu kalt. Und der Herbst ist auch so schon gruselig genug. Aber es fällt mir schwer, für eine Welt dankbar zu sein, die von Wachstum, Leben und Wärme durchflutet wird, wenn er davon nichts mitbekommt.

Die schwere Tür zu Onkel Rodericks Zimmer ist jetzt immer fest verschlossen. Wenn ich in mein Zimmer will, schleiche ich so schnell wie möglich daran vorbei und halte die Luft an, bis ich bei mir in Sicherheit bin. Manchmal taucht seine Tür beim Einschlafen vor meinem inneren Auge auf und sieht so aus, als würde sie jeden Moment aufspringen. Was dann auf der anderen Seite wartet, stelle ich mir nie vor. Dafür bin ich noch nicht bereit.

Unbewohnte Zimmer strahlen eine Leere aus. Onkel Rodericks Zimmer hingegen strahlt etwas Zuverlässiges und Kompaktes aus. So als wäre noch immer jemand dort drin, obwohl ich weiß, dass Mum unten ist. Es ist, als warte ein Wesen und keine Person darauf, sich bemerkbar zu machen. „Das Mädchen wusste, dass es nichts zu befürchten hatte“, behauptet die Erzählstimme in meinem Kopf.

Ich denke immer wieder über die Redewendung „Ruhe in Frieden“ nach und hoffe, dass sie stimmt. Auf jeden Fall klingt es besser als einfach nur tot. Inzwischen unterliegen meine onkellosen Tage einem gewissen Rhythmus. Entweder den ganzen Tag draußen spielen oder auf der Veranda sitzen und lesen. Abends schweigend mit Mum essen. Auf dem Sofa an sie angekuschelt weiterlesen, während sie fernsieht. Duschen und beim Zähneputzen wieder lesen, um so jede beunruhigende Veränderung meines Gesichts im Spiegel zu vermeiden. An Onkel Rodericks Zimmer vorbeieilen, ins Bett legen, irgendwann einschlafen, aufwachen und dann wieder von vorn.

So vergehen ein paar ruhige Tage. Aber dann beginnen die Träume.

Ich sitze in einem kalten, dunklen Zimmer. Nur ist das gar kein Zimmer. Das wird mir klar, als ich merke, dass es keine Wände und keine Decke gibt. Der Raum ist unendlich groß, und in dieser Leere bin ich allein. Ich sitze auf einem kleinen, wackligen Stuhl an einem Tisch, vor mir steht ein Spiegel. Der Tisch ist mit verrosteten Wimpernzangen übersät. Mit ausgelaufenen, wie von rotem Blut verkrusteten Nagellackfläschchen. Mit schimmelfarbenem Rouge und Lidschatten, die tatsächlich verschimmelt sind. In der Hand halte ich einen Lippenstift, er ist knallrosa, die einzig notwendige Farbe der Welt. Ich weiß, was ich damit anstellen muss. Ich schaue in den zersprungenen, verstaubten Spiegel und trage ihn auf. Ich schmiere ihn auf meine Zähne und meine Kieferknochen. Es ist unmöglich, vorsichtig zu sein, denn Schädel haben keine Lippen, und genau so einer starrt mir aus dem Spiegel entgegen. Leere Augenhöhlen und ein unglückliches, rosa verschmiertes Grinsen. Ich nehme im Spiegel hinter mir eine Bewegung wahr, also drehe ich mich schnell um und

werde plötzlich wach. Meine Beine sind in der Decke verwickelt, und ich ringe zitternd nach Luft, während ich den Wind des Ventilators sanft auf meinem Körper spüre. Schwer atmend schaue ich zur Decke. Morgensonne strömt durchs Fenster. Das war ein Traum, beruhige ich mich. Nur ein böser Traum. Onkel Roderick würde jetzt sagen, dass er für etwas steht, wovor ich Angst habe. Ein Schädel bedeutet Tod, oder? Natürlich fürchte ich mich vorm Tod. Besonders jetzt. Ich konzentriere mich auf mein hämmerndes Herz und atme tief ein, damit es langsamer wird und ich zu zittern aufhöre.

Ganz allmählich lassen die Bilder des Traums nach. Wovor habe ich mich überhaupt so gefürchtet? Okay, der dunkle, leere Ort war schrecklich. Mein Totenkopf-Ich gruselig. Und das alte, verschimmelte Make-up auch. Aber es ist nicht wirklich etwas Schlimmes passiert.

Normalerweise erinnere ich mich am nächsten Morgen kaum noch an meine Träume, aber bei diesem hatte ich wirklich das Gefühl, als säße ich am Tisch. Und jetzt, wo ich wach bin, erinnere ich mich auch wieder daran, dass ich dachte, jemand stünde hinter mir. Ich sollte an etwas anderes denken. Also wickle ich meine Beine aus der Decke, setze mich auf und unterdrücke einen Schrei.

Mein Zimmer ist ein einziges Durcheinander. Die Schubladen sind komplett herausgezogen und der Inhalt im Raum verstreut. Die Türen meines Schrankes stehen sperrangelweit auf, meine Kleidung wurde von den Bügeln gezogen und im Zimmer herumgeworfen. Die Nachttischlampe und mein Wecker liegen auf dem Boden. Die Bücher sind aus dem Regal gekippt.

Mein Hirn arbeitet auf Hochtouren. Ist jemand eingebrochen und hat etwas gesucht? Aber in meinem Zimmer gibt es nichts Wertvolles. Außerdem hätte ich das gehört. War ich das im Schlaf selbst? Oder ein Geist? Wobei, Geister machen so etwas nicht. Zumindest haben sie das bisher noch nie.

Jede Erklärung kommt mir genauso wahrscheinlich wie unwahrscheinlich vor. Ich weiß nicht, was ich glauben soll.

Während ich auf das große Durcheinander starre, wird meine Atmung immer schneller, bis ich erst hechle und dann schluchze. Meine Schultern beben, und ich presse die Hände gegen mein tränennasses, rotzverschmiertes Gesicht, dabei murmelt die Erzählstimme in meinem Kopf ständig vor sich hin und vermutet, dass dies jener Teil der Geschichte ist, in dem ich um meinen Onkel trauere und vielleicht anfange, den Tod zu verarbeiten. Das glaube ich aber nicht, auch wenn ich keine Ahnung habe, was gerade passiert, und noch immer kaum Luft bekomme. Trotzdem bin ich so leise wie möglich, damit Mum mich nicht hört. Es ist 8 Uhr 14, verrät mein Wecker, der noch immer in der Steckdose steckt, obwohl er auf dem Boden liegt. Bis Mum aufsteht, bleiben mir also noch sechzehn Minuten, um mich zu sammeln und aufzuräumen, denn das hier kann ich ihr unmöglich erklären.

Also fange ich damit an. Ich höre auf zu weinen. Wische mir das Gesicht ab. Stopfe schnell die Sachen zurück in die Schubladen. Lege die Klamotten in den Schrank. Stelle die Bücher wieder ins Regal, sortieren kann ich sie später. Als Mum an der Tür klopft und leise fragt, was ich zum Frühstück will, habe ich gerade so weit aufgeräumt, dass ihr nichts auffallen wird. Sie hat im Moment genug Sorgen.

Moira hat mich heute zu sich eingeladen. Vor ungefähr fünfzehn Jahren hat ihr Vater in der Nähe des winzigen Ortskerns unseres ebenso winzigen Städtchens ein Haus gebaut. Für Geister ist es zu neu, und in diesem Moment bin ich dafür sehr dankbar.

Vielleicht schauen wir ja einen Film oder spielen ein Brettspiel. Umstylings sind eher was für Pyjamapartys, oder? Außerdem hat sie dazu bestimmt nicht zweimal hintereinander Lust. Ich steige auf mein Rad und fahre los. Der Weg dorthin ist mir so vertraut, dass ich mir manchmal eine Rille in exakt der Breite meiner Reifen vorstelle, die zwischen unseren Häusern verläuft. Und wenn ich dann die Augen schließen und einfach nur in die Pedale treten würde, käme ich trotzdem sicher bei ihr an. Manchmal hat Onkel Roderick mich zu Moira begleitet. „Damit mein Kreislauf in Schwung kommt", sagte er dann, und wir erzählten uns schlechte Witze oder machten uns gegenseitig auf Streifenhörnchen und interessante Vögel aufmerksam. Doch ich bin den Weg auch schon viele Male allein hin- und wieder zurückgefahren. Es gibt also keinen Grund, die Gegenwart meines Onkels zu spüren oder zu vermissen.

Erinnerungen an den Traum, diesen endlos dunklen Raum, kommen immer wieder in mir hoch. So einen Traum, an den ich mich noch Stunden später wie an eine Geschichte erinnere, hatte ich noch nie. Und dann das Chaos in meinem Zimmer. Bestimmt hängen die beiden Sachen zusammen, das kann kein Zufall sein. Da geht irgendetwas vor sich, denke ich, irgendetwas Neues. Der Weg führt ein Stück steil bergauf, normalerweise schiebe ich mein Fahrrad dort hoch, aber heute trete ich so schnell wie möglich in die Pedale, sodass ich mich nur auf meine brennenden Beinmuskeln und meine stechende Lunge konzentrieren kann.

Wie immer, wenn ich zu Moira komme, klopfe ich nicht an, sondern öffne einfach die Tür und rufe ihrer Mutter ein ‚Hallo' zu.

„Hallo, Mücke", ruft sie heute zurück. „Die anderen sind im Keller."

Die anderen? Ich habe keine anderen erwartet. Als ich die Kellertür aufmache, schallen mir Gelächter und Stimmen entgegen. Einen Moment lang bleibe ich auf dem Treppenabsatz stehen. Moira weiß nicht, dass ich schon da bin, also wird sie auch nicht mitbekommen, wenn ich wieder verschwinde. Für ihre Mutter könnte ich mir eine Ausrede einfallen lassen. Irgendwie mag ich es gar nicht, wenn da plötzlich eine ganze Gruppe ist, obwohl ich nur mit einer Person gerechnet habe. Aber zurück nach Hause und zu dem, was auch immer mich dort erwartet, möchte ich auch nicht. Wahrscheinlich hat jemand die Tür gehört, denn plötzlich werden die Stimmen leiser, und Moira ruft: „Mücke? Bist du das?“

Ich balle meine Hände fest zu Fäusten, setze ein Lächeln auf und gehe nach unten. Moiras Keller ist wie ein zweites Wohnzimmer ausgestattet, mit Sofas und einem riesigen Fernseher, und es gibt sogar ein Badezimmer. Unserem feuchten Keller gleicht er nicht im Entferntesten. Auf dem flauschigen Teppich sitzen fünf Mädchen im Kreis. Ich kenne sie alle. Emily und Madeleine gingen in die Parallelklasse. Isla und Olive in meine. Wir waren nicht befreundet, aber außer mit Moira bin ich ja eigentlich auch nicht großartig mit irgendjemandem befreundet. Das sagt also nichts aus. Sie waren bisher immer ganz nett. Vielleicht wird das hier dann gar nicht so schlimm.

Die anderen sitzen um ein großes Buch voller daumennagelgroßer Fotos. Ein Jahrbuch?

„Hallo, Mücke!“, sagt Moira. „Wir schauen uns das Maplewood-Jahrbuch vom letzten Jahr an. Isla hat es mitgebracht, ihre Schwester geht dort in die achte Klasse.“

„Wir versuchen herauszufinden, welche Jungs auf ihren Fotos hübscher aussehen als in echt“, sagt Madeleine.

„Oder andersherum“, schaltet Olive sich ein. Alle kichern. Ich ringe mir auch eine Art Lachen ab, aber es kommt einen Moment zu spät und klingt eher wie ein ersticktes Röcheln. Schnell hocke ich mich zwischen Moira und Emily, dieses Spiel bekomme ich sicher hin. Schließlich finde ich Jungen auch hübsch, oder? Jungen sind hübsch.

Ich mogele mich durch die Unterhaltung. Ich zeige auf die Bilder und kichere, tue enttäuscht, wenn Isla erzählt, dass dieser Junge mit dem netten Lächeln immer über seine Hand leckt und dann versucht, dich anzufassen. Manchmal schweifen meine Gedanken zurück zu dem Traum mit dem zugemüllten Tisch in der Kälte, dem angesprungenen Spiegel und zu dem, was mich in meinem Zimmer erwartet hat, aber ich reiße mich immer so schnell wie möglich davon los und stimme allem zu, was die anderen Mädchen sagen.

Seit Moira allerdings davon redet, welche Jungs sie am süßesten findet und gern küssen würde, habe ich keine Ahnung mehr, wie ich mich an dem Gespräch beteiligen soll. Natürlich sehen einige Jungs recht nett aus, aber was bringt mir das? Ich möchte ganz sicher nicht mein Gesicht an ihres drücken oder ihre verschwitzte Hand halten.

Als ich das einmal zu Onkel Roderick gesagt habe, fragte er mich, ob ich es mir denn mit anderen Mädchen vorstellen könnte. Seitdem ich weiß, dass nichts falsch daran ist, wenn Mädchen andere Mädchen mögen, denke ich darüber nach. Aber auch gegen deren Gesichter möchte ich meines nicht drücken. Vielleicht finde ich das alles ja heraus, wenn ich älter bin. Nur, wenn ich jetzt zugebe, wie wenig es mich interessiert, halten mich die anderen bestimmt für seltsam. Für noch seltsamer.

Schließlich packt Isla das Jahrbuch in ihren Rucksack, und wir gehen nach oben. Wir machen uns Erdnussbuttersandwiches, und während wir die auf der Veranda verspeisen (und ich mir möglichst nicht vorstellen will, wie ein Schädel wohl mit Erdnussbutter im Mund aussieht), fragt Madeleine plötzlich: „Was für ein Name ist Mücke eigentlich? Ich weiß, dass dich jeder so nennt, aber das ist doch bestimmt nicht dein echter Name, oder?"

Mir verschlägt es kurz die Sprache, und ich muss schlucken.

„So heißt sie nicht wirklich", schaltet Moira sich ein. „Das ist bloß ein Spitzname. Ihr –"

„Den hat mein Onkel mir gegeben", sage ich schnell, bevor Moira meinen echten Namen ausplaudert. „Er ist vor ein paar Wochen gestorben. Als kleines Kind hatte ich ständig und überall Mückenstiche, und er sagte, wenn das so weitergeht, werde ich selbst noch zu einer. Seitdem nannte er mich Mücke, und der Name ist dann irgendwie geblieben. Ich mag ihn, und sogar meine Mutter findet, dass der Name besser zu mir passt als der, den sie mir gegeben hat. Wahrscheinlich, weil ich im Sommer immer noch viele Mückenstiche habe ... Ich weiß auch nicht." Ich schwafle herum. Normalerweise platze ich mit solchen Dingen nicht heraus, aber ich möchte auf keinen Fall, dass Moira meinen Namen verrät. Allerdings müssen die anderen auch nicht erfahren, dass ich etwas dagegen habe, wenn sie meinen Namen wissen. Das ist alles auf einmal viel zu kompliziert. Es fühlt sich so an, als würde mit dieser Namenssache noch ein Stück meines Onkels verschwinden und er das mitbekommen und enttäuscht sein. In meinem Erdnussbutter-Bauch macht sich eine unvertraute Panik breit. Moira hat wohl gemerkt, dass etwas mit mir los ist, denn sie wechselt das Thema.

„Meine Mutter hat erzählt, dass in das alte Baumler-Farmhaus eine Familie eingezogen ist, hat irgendjemand von euch die schon gesehen?"

„In diesen gruseligen alten Schuppen?", fragt Olive und erschaudert. „Sobald es dunkel wird, laufe ich dort nicht mehr vorbei. Da spukt es total." Olive war noch nie bei mir zu Hause. Aber ich habe sie auch nie eingeladen.

„Weißt du, ob sie Kinder haben?", fragt Madeleine. „Vielleicht ja Mädchen in unserem Alter?"

„Oder Jungs!", fügt Emily hinzu.

„Nee, keine Ahnung", sagt Moira. „Wenn Mum etwas herausfindet, schreibe ich euch. Und dir, Mücke ... sage ich einfach Bescheid, wenn wir wieder etwas zusammen machen."

Bestimmt wundern sich jetzt alle, was für ein Freak ich bin, weil ich kein Handy habe. Aber kurz darauf redet Isla darüber, welche Geschäfte sie in einem Einkaufszentrum eröffnen würde, wenn es hier eines gäbe.

„Auf jeden Fall einen Laden, in dem es witzige Buttons und so ein Zeug gibt."

„Und einen H&M." Emily seufzt sehnsüchtig.

Sie reden über Geschäfte, die ich nicht kenne. Wenn ich neue Socken brauche, fährt Mum mich zu einem Discounter. Der Rest des Tages fühlt sich so an, als würde ich wieder in dem Zimmer aus meinem Traum sitzen und mich durch einen dunklen Spiegel oder, besser gesagt, einen Fernsehbildschirm beobachten. So als wäre das hier eine Sendung über eine fröhliche Mädchengruppe, die sich über normale Dinge wie Kleider oder Make-up unterhält, und ein Kind versucht, sich an der Unterhaltung zu beteiligen, weiß aber nicht, wie.

Zwar gehören Klamotten und Make-up nicht unbedingt zu meinen Lieblingsgesprächsthemen, aber ich denke auch nicht, dass sie doof sind oder so. Ich lege auf das alles einfach keinen Wert. Vor ein paar Monaten hat Moira eine Teenie-Zeitschrift abonniert und mir ihre ausgelesenen Exemplare gegeben. Wahrscheinlich bringen diese Hefte Mädchen bei, wie man ein richtiges Mädchen ist, dachte ich, und dass die anderen dieses ganze Zeug daher können. Und es mir genauso ginge, wenn ich sie lesen würde. Doch so funktionieren diese Teenie-Zeitschriften wohl nicht, und man muss anscheinend schon vorher Bescheid wissen.

Als jemand meinen Namen sagt, horche ich auf. „Was?", frage ich und unterbreche Moira, die gerade einen Satz mit „Unsere Mütter –" begonnen hat.

„Oh, ich habe gerade gefragt, wie ihr zwei euch kennengelernt habt", sagt Madeleine. Bilde ich mir das nur ein, oder schwingt bei der Frage noch etwas anderes mit? Zum Beispiel, warum Moira mit jemandem wie mir befreundet ist?

„Unsere Mütter haben zusammen ein Geschäft aufgebaut", fährt Moira fort und streicht sich eine Haarsträhne hinters Ohr, während sie kurz zu mir und dann wieder wegschaut. „Wir sind praktisch schon befreundet, seitdem wir klein waren."

„Na ja, zuerst mochten wir uns nicht", platze ich heraus. Warum habe ich das gesagt? Jetzt bleibt mir nichts anderes übrig, als weiterzuerzählen. „Wir haben uns jahrelang nicht verstanden und wegen jeder Kleinigkeit gestritten, aber weil wir gezwungen waren, miteinander zu spielen, haben wir irgendwann herausgefunden, dass wir uns mögen. Und jetzt sind wir befreundet! Stimmt's?", frage ich und denke: Hör auf, zu quatschen, Mücke, das ist nicht sonderlich hilfreich.

„So eine Freundin hatte ich auch mal", sagt Emily. „Wir sind am selben Tag geboren, und unsere Eltern haben sich im Krankenhaus kennengelernt. Bis wir in den Kindergarten gekommen sind, haben wir jeden Geburtstag zusammen gefeiert, aber dann verkloppten wir uns wegen der Eistorte, und unseren Eltern wurde klar, dass wir uns hassten."

„Also wir hassen uns nicht mehr!", sagt Moira fröhlich. Sie lächelt mir zu, und ich lächle zurück, aber wir blicken beide schnell wieder weg.

Moiras Mutter schaut durch die Tür, um mir zu sagen, dass meine Mutter angerufen hat. Sie muss noch ein paar Besorgungen machen und holt mich in ungefähr einer Stunde ab. Als sie endlich kommt, geht gerade die Sonne hinter den Bäumen unter, und weil ich schon seit Stunden wie erstarrt diese interessierte Miene aufsetze, tut mein Gesicht weh.

Emily und Madeleine sind bereits gegangen, also verabschiede ich mich nur noch von Isla, Moira und Olive. „Tschüss, Mücke!", sagt Isla. „Das hat total Spaß gemacht heute, lass uns im neuen Schuljahr auf jeden Fall am selben Mittagstisch sitzen."

„Oh ja!", sagt Olive. „Mir hat es auch supergut gefallen. Wir sind zwar bis zum Ende der Ferien unterwegs, aber dann sehen wir uns im September!"

Das klingt, als meinten sie es wirklich ernst, und plötzlich wird mir ganz warm. Vielleicht finden sie mich gar nicht seltsam. Habe ich alle einfach gut getäuscht? Das falsche Lächeln auf meinem Gesicht verwandelt sich in ein echtes. „Bis bald!", sagte ich. „Danke für die Einladung, Moira! Tschüssikowski!" Ich habe keine Ahnung, ob jemand im Alltag „Tschüssikowski" verwendet oder ob das bloß in Büchern steht, aber sie lachen alle, und ich winke, während ich zum Auto renne.

„Wie war's?“, fragt Mum, als ich die Tür zuknalle, mein Fahrrad haben wir schon im Kofferraum verstaut. Aus dem Becherhalter quellen zerknüllte Papiertaschentücher.

„Lustig?“, antworte ich, wobei es eher nach einer Frage klingt. Mum scheint meine Unsicherheit zu hören und sieht mich mit hochgezogenen Augenbrauen an.

Ich lehne den Kopf an die Fensterscheibe. Es ist warm. „Isla und Madeleine und ein paar andere Mädchen waren auch da, und sie ... ach, ich weiß auch nicht. Moira und ich hatten ja noch nie viele Gemeinsamkeiten. Und wenn wir nur zu zweit sind, ist das egal. Aber wenn noch andere Leute dabei sind, wurde schon immer deutlich, dass sie wie die anderen ist und ich nicht.“

Mum nickt, allerdings bedächtig. „Ja, du und Moira wart immer sehr verschiedene Kinder. Aber ihr seid über die Jahre zu guten Freundinnen geworden, oder? Hat sich in letzter Zeit denn irgendetwas zwischen euch geändert?“

„Ich glaube schon. Also, wir streiten uns nicht. Ich mag sie noch immer. Und sie scheint mich auch noch immer zu mögen. Aber ich habe mich heute total gelangweilt! Wir haben die ganze Zeit nur über Jungs und Shopping und solche Sachen geredet. Ist das alles, worüber wir in den nächsten Jahren reden werden?“ Wenn ich ehrlich bin, liegt es nicht nur daran. Die anderen scheinen wie Stücke eines Puzzles zusammenzupassen. Ich hingegen bin das Teil, das aus Pappe ausgeschnitten wurde und nicht dazugehört. Wenn man die Augen zusammenkneift, sieht es gleich aus, aber richtig zusammen passt es trotzdem nicht.

Mum schweigt eine Weile. Ich überlege, ob sie gleich fragen

wird, warum ich über solche Dinge nicht gerne rede. Es gibt keinen Grund. „Nun, du wirst bald eine Menge neuer Kinder kennenlernen“, sagt sie stattdessen. „Vielleicht triffst du ja jemanden, der mehr so ist wie du.“

„Ja“, sage ich. Aber was bedeutet „mehr so wie ich“? Ich stell mir ganze Gruppen von Kindern in der Schulkantine vor. Manche unterhalten sich über Sport, andere spielen zusammen, wieder andere machen sich die Haare oder sprechen über Musik, Filme, Bücher und Videospiele, reißen Witze, streiten oder verraten sich ihre Geheimnisse. Und ich, ich gehe an all diesen Kindern vorbei und bleibe ewig außen vor, niemand nimmt mich wahr, weil es an mir nichts Auffälliges gibt. Ihre Gruppen bilden ein komplexes Molekül, einen perfekten Organismus, undurchdringbar und vollkommen, und ich bin nichts weiter als ein einsames, unbedeutendes Staubkorn, das kurz im Licht aufblitzt. Aber das kann ich Mum nicht erklären. Das will ich auch gar nicht. „Vielleicht bin ich ja bald mit mehr Kindern befreundet als Moira“, sage ich deshalb nur.

Mum antwortet, dass sie das hofft. Ich frage mich, ob sie sich das auch für sich selbst wünscht. Jetzt, wo nur noch wir zwei übrig sind, brauchen wir beide andere Leute, mit denen wir Zeit verbringen. Schließlich ist sie genauso einsam wie ich.

Sieben

Als wir vor unser Haus fahren und die Dachvorsprünge mit schweren Augenlidern zu mir herunterschauen, zieht sich in mir alles zusammen. Ich wende meinen Blick von dem dunklen Fenster im ersten Stock ab, aus dem Onkel Roderick mir sonst immer zugewinkt hat. Er wird nicht da sein. Er ruht in Frieden. Sollte ich also irgendetwas hinter der Scheibe entdecken, ist das nicht er. Sobald ich durch die große Eingangstür ins Haus trete, durchfährt mich von irgendwo eine kalte Windböe, die die Wärme der frühen Julinacht vertreibt, und ich unterdrücke ein Zittern.

Der Nachmittag bei Moira war zwar nicht gerade umwerfend, aber immer noch besser, als zu Hause herumzulaufen und dabei in Endlosschleife den Traum der letzten Nacht durchzuspielen und mich vor dem zu fürchten, was mein Zimmer verwüstet hat – entweder also vor mir im Schlaf oder vor irgendetwas anderem.

Ich bin den ganzen Abend über angespannt, doch nichts Ungewöhnliches passiert. Mum bereitet das Abendessen zu, Hotdogs und frische Maiskolben. Ich mache den Salat. Hier und da gibt es ein paar kalte Luftzüge oder mal ein Knarzen, bloß die normalen Geister, von denen mich keiner beachtet.

Während des Essens erzählt Mum von ihren neuen Entwürfen für Beileidskarten. „Diese bescheuerten Sachen, die mir die Leute über deinen Onkel erzählt haben, waren durchaus hilfreich“, sagt sie, und das Lächeln auf ihrem Gesicht wirkt nur ein kleines bisschen angestrengt. „Einer unserer Cousins hat zum Beispiel wieder den altbekannten Schwachsinn, er sei jetzt an einem besseren Ort, von sich gegeben. Als ob es irgendwo schöner sein könnte, als in diesem Moment mit dir zusammen Abend zu essen. Deswegen bastle ich gerade an einem Motiv, wo jemand in einem Wellness-Hotel sitzt und von Whirlpools und Bediensteten, die irgendwelche leckeren Kleinigkeiten servieren, umringt ist. Dabei denkt der Typ an sein enges kleines Haus mit weinendem Baby und sagt: ‚Die haben doch immer behauptet, ich käme an einen besseren Ort.' Oder so was in der Richtung. Verstehst du?"

„Schöne Idee", erwidere ich. „Glaubst du, die Leute werden so eine Karte kaufen? Ist die nicht zu deprimierend?"

„Wenn Leute die ‚Bitte-die-Lücke-ausfüllen-Karte' kaufen, werden sie auch die kaufen."

„Wahrscheinlich", sage ich. Die ‚Bitte-die-Lücke-ausfüllen-Karte' ist die einfachste, die Mum je entworfen hat, und verkauft sich am besten. Sie ist ganz weiß, und vorne drauf steht „Es tut mir leid, dass dein/e ______ gestorben ist." Drinnen steht: „Das ist echt ätzend." Auf unserem Kaminsims steht eine ganze Reihe davon, und die Lücken sind mit „Bruder", „Onkel" oder „Roderick" ausgefüllt. Manche Leute halten diese Karten vielleicht für unsensibel, aber sie funktionieren. Es ist nämlich ätzend, wenn jemand stirbt. Viel mehr gibt es dann auch nicht zu sagen.

„Damit hätte das Ganze ja doch noch was Gutes", rede ich weiter und versuche, fröhlich und ausgeglichen zu klingen.

Mum legt den Kopf schief. „Wie meinst du das?"

Ich weiß nicht, was ich damit meine. Das ist einfach etwas, was Leute sagen, wenn alles noch schlimmer sein könnte. Und fast jede Situation könnte ja tatsächlich noch immer schlimmer sein. Nur muss ich ihr jetzt meinen Standpunkt erklären.

„Na ja ... du hast doch schon seit einer Weile keine neuen Karten mehr entworfen. Und du hast auch gesagt, dass du nicht wie am Fließband arbeiten willst. Also ist so ein neues, kreatives Projekt doch bestimmt schön."

Das klingt logisch, auch wenn es gleichzeitig total falsch ist. Eigentlich möchte ich von Mum hören, dass das alles nicht stimmt, dass sein Tod immer schrecklich bleiben wird, dass hunderttausend neue Ideen für Karten, die durch seinen Verlust inspiriert wurden, mit keinem einzigen seiner schrecklichen Wortspiele mithalten können. Als Onkel Roderick noch lebte, brainstormte er manchmal mit Mum zu neuen Motiven, aber für ihre Art von schwarzem Humor war er viel zu ernst.

Jetzt nickt sie, und in mir zieht sich etwas zusammen. Vielleicht denkt sie ja, dass es mir gut geht. Und das soll sie schließlich auch. Oder? „Vielleicht hast du recht", sagt sie. „Eigentlich wollte ich dir das gar nicht erzählen, doch unsere Einnahmen sind seit einer Weile rückläufig. Noch müssen wir nicht aufgeben, und Ellen überlegt sich gerade andere webbasierte Möglichkeiten, aber vielleicht sind ja die neuen Kartenideen die Lösung."

Ich knibble an meiner Serviette herum und vermeide es, zu Mum oder in den Spiegel hinter ihr zu schauen. Ich bin froh, dass sie mich immer wie ein gleichberechtigtes Haushaltsmitglied behandelt hat. Nur wünschte ich, ich könnte ihr als gleichberechtigtes Mitglied mehr helfen. „Ich habe keinen Hunger mehr", erkläre ich, ohne auf das einzugehen, was sie gerade gesagt hat. „Soll ich abräumen?"

Sie nimmt mich fest in den Arm und geht zurück in ihr Atelier. Ich wasche ab und starre dabei die ganze Zeit ins Spülbecken. Früher war die Küche das Herzstück unseres Hauses, aber jetzt ist sie einfach nur ein Raum, in dem ich mich allein aufhalte.

Ich möchte noch nicht in mein Zimmer nach oben gehen, deshalb blättere ich durch die Zeitschriften, die Moira die letzten Monate über hiergelassen hat. Ich studiere die Make-up-Tutorials, als wären sie der Stein der Weisen, und versuche, die Tampon-Werbung zu verstehen. Noch habe ich keine Periode, aber lang dauert es bestimmt nicht mehr. Vielleicht fehlt mir das ja, um in die Pubertät zu kommen und mich wie ein Mädchen zu fühlen.

Ich versuche, mir eine erwachsenere Version von mir selbst vorzustellen, wie ich einen BH trage und plötzlich Wert auf meine Haare und mein Aussehen lege. Es gelingt mir nicht wirklich. Die Vorstellung von mir als Teenagerin ist, als würde ich in die Sonne schauen – viel zu hell und unangenehm. Wenn ich an mich als Erwachsene denke, als Frau, habe ich den Eindruck, ich würde zu den Sternen schauen. Mich verbindet dann nichts mehr mit der Erde, und es ist, als flöge ich jeden Moment ins Nichts davon. In meinem Bauch kribbelt und juckt es. Natürlich weiß ich, dass es im Bauch nicht jucken kann, aber es fühlt sich nun einmal so an.

Ich sollte mein Zimmer wieder aufräumen. Was Ordnung betrifft, ähnele ich eher Onkel Roderick als meiner Mutter. In ihrem Atelier herrscht absolutes Chaos, überall liegen Zeichensachen und Papier herum. Sie weiß ganz genau, wo sich alles befindet, aber niemand anderes kann ihr System verstehen.

Onkel Roderick war viel ordentlicher, und ich bin es auch. Wir haben oft Stunden damit verbracht, seine Kleider, sein Make-up und seinen Schmuck nach Farben, Marken oder Glitzereffekt zu sortieren. Meine Bücher stelle ich immer alphabetisch nach Titel auf, manchmal auch nach Autor oder Genre. Heute Morgen habe ich alles nur grob an seinen Platz geschoben, nichts steht mehr wirklich dort, wo es hingehört.

Als ich die Treppe hinaufgehe, achte ich auf das normale Knarren der Stufen und husche an Onkel Rodericks Zimmer vorbei. Die Tür ist fest verschlossen und niemand dahinter, der mich belauscht; alles andere ist nur Einbildung oder Wunschdenken.

Ich brauche eine Stunde, bis mein Zimmer wieder so aussieht wie vorher: ordentlich gefaltete Kleidung, zusammenpassende Socken. Meine Bücher habe ich diesmal nach Farben sortiert. Die systematische, gleichförmige Arbeit beruhigt meine auf Hochtouren laufenden Gedanken, und ich komme in einen angenehmen Schwebezustand, der laut Moira ASMR heißt. Dabei kribbelt es hinter meinen Augen, und meine Arme und Beine werden ganz ruhig und schwer. Ich stelle mir vor, dass ich eine wohlerzogene Waise bin, die ihren potenziellen Adoptiveltern zeigen möchte, wie perfekt sie ist. Doch das Waisenhaus, in dem ich lebe, steckt voller eifersüchtiger, gemeiner Mädchen, die jeden meiner Schritte sabotieren, weil sie vor mir adoptiert werden möchten. Mir ist klar, dass ich für solche Fantasiewelten zu alt bin, aber das muss ja niemand erfahren. Wenn es nach mir ginge, könnte ich solche Sachen bis ans Ende meiner Tage spielen, denn dann befände ich mich immer in einer Geschichte und nie in der Realität.

Nachdem alles wieder an seinem Platz steht, werden meine Augenlider schwer. Ich möchte nicht einschlafen, aber ewig wach bleiben kann ich auch nicht. Das, was letzte Nacht passiert ist, wird sich ja vielleicht gar nicht wiederholen. Und falls doch, gibt es bestimmt eine logische Erklärung. Selbst wenn die Erklärung ein Geist ist. Ich werde das herausfinden. Also knipse ich meine Lampe aus, schlüpfe unter mein Laken und döse schließlich irgendwann ein.

Ich bin in einem Einkaufszentrum, aber ich kann mich kaum bewegen. Jeder Schritt fällt mir schwer. Als wäre ich unter Wasser oder steckte hüfthoch im Sand. Oder als wäre ich zu müde, um meine Beine zu bewegen, obwohl ich das muss. Ich befinde mich in einem Laden, einem leeren Laden mit leeren Kleiderbügeln und leeren Regalen. Überall stehen Schaufensterpuppen. Sie sind alle nackt. Wo stecken ihre Kleider? Ihre Körper sind glatt und nichts sagend wie bei Barbiepuppen. Leere Gesichter. Ich will von ihnen weg, kann aber nicht laufen. Und dann verwandeln sich die Schaufensterpuppen, sie werden zu Moira und Olive und Madeleine und Isla und Emily. Sie sind nackt und schauen an mir herab, und ich schaue auch an mir herab und schlinge die Arme um mich. Schließlich fangen sie an zu lachen, aber sie lachen mich nicht aus, sie lachen miteinander, so wie Freundinnen, ich will mitlachen, aber es klingt wie ein Röcheln, wie ein Schrei, so als würde ich nach Luft schnappen. Während ich mit eingezogenem Kopf noch einmal versuche, von dort wegzukommen, stehen die anderen aufrecht und gerade da und schauen mich voller Mitleid an, und dann

falle ich beinahe aus dem Bett. Ich strample um mich, bin verschwitzt und außer Atem.

Schon wieder ein Traum, der wie eine Geschichte oder eine Botschaft ist. Meine Augen lasse ich geschlossen, weil ich Angst habe, sie zu öffnen. Angst davor, dass mein Zimmer erneut verwüstet ist. Ich sage mir wieder und wieder, dass alles in Ordnung ist, dass ich herausfinden werde, was das bedeutet, dann bringe ich ganz langsam den Mut auf, sie zu öffnen, und blicke mich um.

In meinem Zimmer ist alles genau so, wie ich es hinterlassen habe. Die Schranktüren sind geschlossen, die Bücher stehen an ihrem Platz, und die Schubladen sind fest zugeschoben. Ich lächle und stehe auf.

Meine Füße berühren den Teppich. Na ja, genauer gesagt ein Fuß. Der andere landet auf etwas Festem, das raschelt. Ein Zettel? Ich hebe ihn auf. Es ist ein abgerissenes, vergilbtes Stück Papier, das beschriftet ist. Jedenfalls sieht es auf den ersten Blick wie eine Schrift aus. Das könnte die Handschrift meiner Mutter sein, wobei sich ihre und die von Onkel Roderick ziemlich ähneln.

Ich kann kein einziges Wort entziffern. Der Zettel ist vollgekritzelt und gleicht einer normalen Handschrift so sehr, dass mein Hirn nicht wahrhaben will, dass dort keine Nachricht steht. Ich drehe den Zettel auf den Kopf, halte ihn gegens Licht, schaue mir jeden Strich einzeln an und versuche dann, meine Augen zu entspannen, als gäbe es irgendeinen Trick, um das Ganze so zu entziffern.

Abgesehen von der eigentümlichen, nicht lesbaren Schrift ist an dem Zettel nichts Unheimliches. Er könnte von einem Notizblock stammen oder vielleicht aus einer Schublade im Büro meiner Mutter. Die Handschrift ist weder mit Blut noch mit Tinte und Feder geschrieben. Es sieht nach einem normalen Kugelschreiber aus. Wenn ich entziffern könnte, was dort steht, würde das wie eine normale Nachricht von Mum aussehen. Vielleicht ist sie ja früh zum Supermarkt gefahren oder trifft sich mit Moiras Mutter.

Als es an der Tür klopft, zucke ich zusammen. Mum fragt, ob ich schon wach bin, weil sie jetzt Frühstück macht. So viel zu meiner Theorie. Ich antworte, dass ich gerade aufgestanden bin und gleich runterkomme.

Ich werde Mum beim Frühstück danach fragen. Ja, so mache ich es. Auch wenn ich ihr nichts über mein durcheinandergebrachtes Zimmer erzählen wollte, gibt es für diesen Zettel ja womöglich eine gute Erklärung. Vielleicht lernt sie irgendwelche Geheimschriften und möchte, dass ich diese hier entschlüssle. Oder sie hat aus Langeweile herumgekritzelt, und der Zettel ist ihr aus der Tasche gefallen, als sie mir einen Gutenachtkuss gegeben hat. So lange ich das nicht unnötig aufbausche, denkt sie bestimmt nicht, dass ich mir Sorgen mache. Wahrscheinlich hängt das alles gar nicht mit meinen schlechten Träumen oder dem vermehrten Spuken in unserem Haus zusammen.

Auf dem Küchentisch wartet ein Teller mit Rührei auf mich, Mum schmiert gerade Buttertoasts. Als ich mich setze, fragt sie, wie ich geschlafen habe; ich antworte ihr und lege den Zettel auf den Tisch. „Weißt du, was das ist?“, frage ich möglichst beiläufig. „Es sieht nach deiner Schrift aus“ – oder der von Onkel Roderick, denke ich –, „aber ich kann sie nicht entziffern.“

Sie kommt rüber, nimmt den Zettel in die Hand und guckt angestrengt. Es sieht so aus, als versuche sie, die Striche zu etwas zusammenzusetzen, das sie lesen kann. Sie dreht den Zettel in alle Richtungen und gibt schließlich auf.

„Nein, der ist nicht von mir. Wo hast du den denn gefunden?“

Mir zieht sich der Magen zusammen. „Hier im Haus“, sage ich, während ich mich bemühe, den Zettel nicht zu schnell an mich zu reißen. Ich knülle ihn zusammen und stecke ihn in meine Tasche. „Das ist wahrscheinlich nur … der ist einfach aufgetaucht. Ach, egal.“ Sie sieht mich ein wenig verwirrt an. So als würde sie denken: Was stimmt nicht mit meinem Kind? Ihre Lippen zucken, wahrscheinlich wartet sie auf eine Erklärung. Aber ich kann ihr das nicht verraten.

Mum hat zwar nie direkt gesagt, dass ich nicht an Geister glauben soll, aber immer die Augen verdreht, wenn Onkel Roderick und ich über die Wesen, die um uns herumschweben, geredet haben. „Das ist bloß das Haus“, verkündete sie dann immer. „Es ist alt und zugig, und es knarzt, und die einzigen Wesen, die es hier gibt, sind wir.“ Sie hat uns nie verboten, über diese Dinge zu sprechen, aber Onkel Roderick musste sich um mich kümmern, wenn ich nachts Angst hatte. Albtraum-Dienst – vage Ängste vor Gespenstern und Monstern, die im Gegensatz zu meinen letzten komplexen und kristallklaren Träumen schon beim Aufwachen verblassten – nannte sie das. Ich lernte früh, ihr gegenüber nicht von den gespenstischen Händen zu reden, die nach meinen Haaren und Klamotten griffen, oder von den Spiegeln zu erzählen. Schließlich wollte ich nicht, dass sie mich für verrückt hält. Je älter ich wurde, desto häufiger fragte ich mich, ob Onkel Roderick das alles wirklich glaubte oder nur gern Geschichten erzählte.

Eine Frage hat Mum mir immerhin beantwortet. Dieser Zettel scheint tatsächlich für mich zu sein. Mein durcheinandergebrachtes Zimmer war der erste Versuch, mit mir zu kommunizieren. Irgendein Wesen versucht, mir etwas zu sagen. Es will mir etwas mitteilen, und ich muss herausbekommen, warum. Und was – oder wer – das ist. Das ist auf jeden Fall nichts, was ich gemeinsam mit Mum herausfinden werde.

„Können wir uns ein paar Hühner zulegen?“, platzt es aus mir heraus. Ich habe keine Ahnung, warum ich das frage. Wahrscheinlich, weil ich gerade Rührei esse und sie ablenken will und mir nichts anderes eingefallen ist. Aber Hühner sind tatsächlich eine gute Idee. Ich stelle mir plötzlich vor, wie ich Eier einsammle und sie wie ein Bauernmädchen in irgendeinem Buch über alte Zeiten vorsichtig in meiner Schürze trage. „Hühner sind niedlich und weich, und wir hätten täglich frische Eier, und ihre Kacke könnten wir als Dünger verwenden. Außerdem sind sie viel bessere Haustiere als ein Hund oder eine Katze!“ Wir hatten nie irgendwelche Haustiere, weil Onkel Roderick gegen Tierhaare allergisch war. Jetzt könnten wir uns eines zulegen, aber dann hätte das Ganze schon wieder etwas Gutes.

Mum dreht sich zurück zum Herd und schlägt ein paar Eier für sich auf. „Das ist ein interessanter Gedanke“, sagt sie. „Aber lass uns damit noch warten, bis die Geschäfte wieder etwas besser laufen, okay? So ein Hühnerstall ist teuer. Du kannst ja schon ein wenig über verschiedene Hühnerrassen und deren Haltung recherchieren. Deine Idee ist gar nicht so übel.“

Ich will eigentlich keine Hühner, aber ich will es auch nicht nicht. Daher lese ich vielleicht wirklich mal ein bisschen nach. Wenigstens habe ich erreicht, dass sie nicht mehr an den Zettel denkt, und ich frühstücke zu Ende. Mum liest die Zeitung, während ich mich halbherzig dem Comic widme und der unleserliche Zettel als feste, harte Kugel in meiner Hosentasche beharrlich gegen meinen Oberschenkel drückt. Unangetastet lasse ich das Rätsel dort stecken.

Acht

„Keine neuen Gespenster“, hatte ich Moira versprochen, aber was wusste ich eigentlich über die alten? Ich hatte schließlich nie kontrolliert, ob sie wirklich anwesend sind, oder ein Notizbuch mit chronologisch sortierten Namen und Todesdaten gefunden. In unserem Haus gibt es zwar schon immer ein paar Hinweise, beispielsweise die kalte Stelle im Wohnzimmer und die Stimmungen, die in unseren Räumen herrschen: die Ernsthaftigkeit im Schlafzimmer meiner Mutter und die Freundlichkeit in meinem.

Manchmal haben Onkel Roderick und ich uns Geschichten über die Geister im Haus erzählt. Selbstverständlich nur äußerst respektvoll – als ich klein war, ging es in meinen Geschichten meistens um jemanden, der an einem gewaltigen Furzanfall starb oder in der Badewanne bei einem Schaumbad ertrank. Und ich erinnere mich noch, wie Onkel Roderick an einem ruhigen Winterabend im Schneidersitz auf dem Wohnzimmerboden saß und aus einem verbeulten Karton vom Dachboden alte Papiere, Kladden und Karteikarten herauszog. Er erklärte mir, das wären Aufzeichnungen der früheren Besitzer.

Bis zu dem Moment, als Onkel Roderick mir eine alte Ausgabe der Serie *Der Baby-Sitter-Club* vorlas, in der Dawn einen Geheimgang in ihrem Haus findet, habe ich mich nie sonderlich für die Geschichte unseres Hauses interessiert. Danach klopfte ich allerdings tagelang jede Wand ab, drückte auf Nägel und versuchte, Kamine aufzuschieben. Es passierte jedoch rein gar nichts. Falls es irgendwelche Häuser mit Geheimgang, rätselhafter Treppe oder einem versteckten Zimmer gibt, unseres gehört nicht dazu.

Als ich das Suchen satthatte, fragte ich mich nicht weiter, wer sonst noch durch unsere Flure wanderte oder die Treppe hinauf- und hinabging.

Damals war ich noch klein. Aber jetzt, wo ich älter bin, stelle ich mir neue, andere Fragen und überlege, ob in dem Karton, den mein Onkel gefunden hat, womöglich Antworten zu finden sind.

Eigentlich müssten Dachböden unheimliche Orte sein, aber unserer ist im Grunde recht gemütlich. Natürlich ist es dort oben dunkel, doch durch die winzigen Fenster in den Dachvorsprüngen dringen Sonnenstrahlen, die den Raum warm erleuchten. Dort oben riecht es nach Holz und Blättern und vergangenen Zeiten, und die Dielen knarren freundlich. Staubpartikel tanzen in der Luft und verleihen den wackligen Kistentürmen und alten Möbeln einen gewissen Glanz, zumindest, wenn man die Augen zusammenkneift.

Ich suche nach dem Karton, den Onkel Roderick in meiner Erinnerung durchgeschaut hat. Vielleicht wird ja jedes alte Haus von Geistern heimgesucht, trotzdem würde ich gern etwas mehr über dieses Haus und diese Geister erfahren. Wer lebte früher hier, und wer verweilt hier womöglich noch? Warum ist noch jemand da, und was möchte dieser Jemand von mir? Und ist eine der Personen, die einst die alten Familienbücher oder den Stammbaum ausgefüllt und für uns zurückgelassen hat, auch für die Nachricht in meinem Zimmer verantwortlich?

Gerade als ich mich durch die Kisten mit meiner Babykleidung wühle (Was für winzige Schuhe! Waren meine Füße wirklich einmal so klein?), um etwas über das Haus zu finden, und mir meine alten Zeugnisse in die Hände fallen, höre ich meinen Namen.

„Mücke? *Mücke!* Bist du dort oben?“, brüllt Moira von der niedrigen Tür, die zum Dachboden führt.

Frustriert kneife ich die Augen zusammen. Wir haben uns doch gerade erst gesehen. „Jaha!“, rufe ich zurück und höre sie aufseufzen, bevor sie die Treppe hochpoltert.

„Was machst du hier oben?“, fragt sie. „Ich habe überall nach dir gesucht, außer im Keller, euren Keller betrete ich nicht, aber der Dachboden ist ja fast genauso schlimm!“

„Ich ... suche etwas“, antworte ich. „Hatten wir uns für heute verabredet?“ Ich glaube es zwar nicht, aber das ist höflicher, als „Was machst du denn hier?“ oder „Warum bist du gekommen?“ zu fragen.

„Nee“, sagt sie, hustet theatralisch und wischt sich Staub von ihrem hellgrünen Sommerkleid. Es passt gut zu ihrem Teint und den roten Haaren, und ich bin plötzlich sehr stolz, weil mir das aufgefallen ist. Vielleicht funktionieren die Zeitschriften ja doch. „Unsere Mütter bequatschen Geschäftliches, und Mum hat einen Auflauf für euch gemacht. Ich hatte heute noch nichts vor, also dachte ich, ich komme einfach mit. Das ist doch okay, oder?“

„Klar“, sage ich, auch wenn ich das nicht so meine. Wir haben gestern erst einen ganzen Nachmittag miteinander verbracht, und ich glaube, ich ertrage nicht noch eine Unterhaltung über die neue Schule oder Make-up. Wenn wir uns auf der neuen Schule auseinanderleben werden, können wir uns genauso gut schon jetzt etwas mehr Raum lassen.

„Also? Was machst du hier oben?“, fragt sie wieder, und ich krame in meinem Hirn nach einer Antwort. Ich könnte ihr die Wahrheit sagen: Ich habe in meinem Zimmer eine geheimnisvolle Nachricht in einer seltsamen Handschrift gefunden, die vielleicht von einem Verstorbenen stammt, und jetzt hoffe ich, etwas über die Geschichte unseres Hauses und die Geister, die hier leben, herauszufinden, damit ich verstehe, was hier los ist.

Dann würde sie garantiert wieder nach unten verschwinden und mich allein lassen, was ganz gut wäre. Aber unsere Mütter würden fragen, warum wir nichts zusammen machen, und Moira daraufhin den Grund verraten, was ziemlich schlecht wäre. Ich könnte sie bitten, Ellen und Mum nichts zu erzählen, aber dann bräuchte ich irgendeinen anderen Grund, den sie erzählen könnte, und diese Möglichkeiten gehe ich nun schon so lange in Gedanken durch, dass sie mich verwirrt und besorgt anstarrt.

„Ach ... ich war einfach schon lange nicht mehr hier oben“, sage ich. „Es ... macht Spaß, die alten Sachen anzuschauen. Zum Beispiel die Jahrbücher meiner Mutter. Und ich habe mich gelangweilt.“ Das klingt zumindest nach etwas, was ich tatsächlich tun würde.

Moira zieht skeptisch die Augenbrauen nach oben, aber ich kann ihr praktisch ansehen, wie sie sich ermahnt, nett zu mir zu sein, schließlich bin ich das Kind mit dem toten Onkel. Da ist es durchaus logisch, ein wenig nostalgisch zu werden. Vermutlich jedenfalls.

„Okay“, sagt sie. „Macht es dir was aus, wenn ich dabei bin?“

„Nein“, sage ich und hoffe, das klingt nicht zu widerwillig. Und dann graben wir uns beide durch die Kisten.

Ich gebe ihr die mit meinen Babysachen; wahrscheinlich ist sie damit eine Weile beschäftigt. Wie recht ich habe. Schon bald quietscht sie entzückt wegen meiner alten Strampler und Rüschenkleider, während ich nach dem unbeschrifteten Karton suche, den Onkel Roderick so sorgfältig durchgesehen hat.

Zwischen uns herrscht jetzt eine ähnliche Spannung wie in den Jahren, als wir nicht gut miteinander auskamen. Einmal zum Beispiel erklärte ich ihr, dass Tomaten eigentlich Früchte und kein Gemüse seien. Solche kleinen, nebensächlichen Fakten habe ich schon immer geliebt. Sie bestand darauf, dass Tomaten sehr wohl zum Gemüse gehören, und ich versuchte ihr mit meinem Erstklässler-Wissen zu erklären, dass die Frucht einen bestimmten Teil einer Pflanze beschreibt und Gemüse bloß eine erfundene Kategorie ist. Aber sie schrie voller Überzeugung: „Warum stehen Tomaten dann in eurem GEMÜSE-Garten?" Das war so ein blödes Argument, dass ich Moira fest schubste und sie hinfiel. Meiner Meinung nach war das völlig gerechtfertigt, aber sie rannte heulend zu unseren Müttern, und ich wurde auf mein Zimmer geschickt.

Wegen solcher Kleinigkeiten haben wir uns gestritten. Moira stieß mich, wenn sie bei Videospielen gegen mich verlor, mit dem Ellbogen. Ich klaute ihr Salzbrezeln vom Teller. Kein klärendes Gespräch oder vernünftiger Appell unserer Eltern bewirkte etwas, und wir gingen uns schlichtweg endlos gegenseitig auf die Nerven. Aber als wir neun waren, verreiste sie einen Monat lang mit ihrer Familie, und nachdem sie wieder zurückkam, hatte sich etwas zwischen uns verändert. Wir waren beide ein wenig erwachsener geworden, gerade genug, um festzustellen, dass wir doch Gemeinsamkeiten hatten: lange Fahrradtouren unternehmen, im Gemüse (und Früchte-)garten arbeiten, Onkel Roderick beim Backen helfen.

Momentan frage ich mich allerdings, ob wir wieder dort landen werden, wo wir angefangen haben. Oder etwas Neues entdecken – allerdings nicht gemeinsam.

Wir stöbern schon eine ganze Weile. Auch wenn ich auf dem Dachboden keine übernatürlichen Wesen spüre, sind wir hier oben doch von anderen Zeugen der Vergangenheit umgeben: alte Möbel, kaputte Küchengeräte und Andenken, die meinen Großeltern oder Urgroßeltern gehört haben müssen. Ich höre Moira nur mit halbem Ohr zu, die gerade in unseren alten Jahrbüchern blättert und staunt, wie klein wir alle einmal waren. Und dann finde ich plötzlich den Karton.

Mit einem Plumps lasse ich mich hinfallen und öffne vorsichtig den Deckel. Die Kiste steckt voller vergilbter Papiere und Durchschriften, wovon manche auf einer Schreibmaschine und andere krakelig mit der Hand geschrieben wurden.

Moira bemerkt meine plötzliche Aufregung und kniet sich hin, um einen besseren Blick auf den Inhalt werfen zu können. „Was ist das alles?“

„Hausunterlagen“, antworte ich möglichst gelassen. „Eigentlich ganz interessant. Daten und Informationen über die Leute, die hier früher gelebt haben.“

„Aha“, sagt Moira. Sie legt unsere Kindergarten-Jahrbücher auf den Boden und kommt herüber. Vorsichtig ziehe ich Kladden und lose Papiere heraus, sie hilft mir, alles auf dem Boden auszubreiten. Es überrascht mich, dass sie das interessiert, aber so muss ich ihr wenigstens nicht erklären, warum ich das spannend finde. Auf einmal besteht zwischen uns eine Herzlichkeit, und meine Gereiztheit weicht der Erleichterung, eine Freundin bei mir zu haben.

Dass meine Urgroßeltern dieses Haus vor Mums und Onkel Rodericks Geburt gekauft haben, weiß ich, und wir entdecken ein altes Dokument, in dem steht, dass sie es irgendwann in den 1960ern von einer Familie Paterson erworben haben. Und falls diese Familie es nicht von einer anderen Familie mit dem gleichen Nachnamen gekauft hat, wurde das Haus 1843 von ihnen erbaut, und sie haben mehr als ein Jahrhundert darin gewohnt.

Wir erfahren noch ein wenig mehr, wenngleich nicht so viel, wie ich mir erhofft habe. Laut einem alten Bauplan war mein Zimmer schon immer das Kinderzimmer. Mums Büro, das mir immer kalt und steif vorkommt, diente früher als Schlafzimmer für Bedienstete. Onkel Rodericks Zimmer mit seinem riesigen Kleiderschrank wird in einem anderen Grundriss als Ankleidezimmer bezeichnet, und unser Wohnzimmer kam anscheinend erst mit einem Anbau 1868 dazu. Ehrlich gesagt hatte ich mir Sterbeurkunden oder einen äußerst detaillierten Stammbaum erhofft, die verraten, wer in den über hundert Jahren, in denen die Patersons dieses Haus bewohnten, hier gelebt hat, aber nichts dergleichen ist zu finden. Und keine der Handschriften in den alten Dokumenten ähnelt auch nur entfernt der auf meinem Zettel.

Moira streckt sich und gähnt. „Also das war mal eine interessante Reise durch Vermonts Geschichte. Ich wünschte, unser Haus wäre so alt und cool wie eures.“ Moiras Vater ist Architekt und hat ihr Haus entworfen. Es gleicht einem modernen Pfefferkuchenhaus und ist im Grunde eine Blockhütte mit spitzen Winkeln und zu viel Glas.

„Wenigstens weißt du, dass es bei euch keine Gespenster gibt“, sage ich.

„Gutes Argument. Sind hier irgendwelche neuen aufgetaucht?“

Ich zögere. Wie viel darf ich verraten, ohne Moira zu beunruhigen? „Na ja ... gezählt habe ich sie ja nie wirklich. Vielleicht ist dieses Haus so eine Art riesiger Hauptbahnhof der Geisterwelt, und es herrscht ein ständiges Kommen und Gehen. Oder aber hier hängt die ganze Zeit nur ein einziger, sehr mürrischer Paterson herum.“

Moira sitzt im Schneidersitz auf dem Boden und beugt sich näher zu mir. „Weißt du noch, als ich das Gespenst im Flur gesehen habe?“, flüstert sie leise.

Das tue ich. Wir waren acht Jahre alt und liefen gerade mit einer Unmenge Knabbereien von der Küche in mein Zimmer, als Moira plötzlich erstarrte, eine Schüssel mit Crackern fallen ließ und wie am Spieß schrie. Ich ging hinter ihr her und sah daher nichts, aber sie behauptete, dass ein kleines Mädchen in einem altmodischen Kleid in Onkel Rodericks Zimmer gehuscht wäre und sich nur ruckartig bewegt und irgendwie eigenartig gewirkt habe. Allerdings hatten wir uns einige Tage zuvor erst einen Film mit einer Gruselpuppe angeschaut. Damals hatte ich mich schon an die übernatürlichen Erscheinungen, die durch unser Haus schwebten, gewöhnt, aber kein einziges Mal eine zu Gesicht bekommen, die einem Menschen ähnelte. Ich ging daher davon aus, dass Moira sich das alles nur einbildete oder mir einen Streich spielen wollte.

„Natürlich“, erwidere ich. „Aber mir ist so etwas noch nie passiert.“

„Vielleicht war das ja Zelda Paterson“, sagt sie. Das ist ein

Name, auf den wir eben in den Unterlagen gestoßen sind, und war ein Mädchen, das Anfang des 20. Jahrhunderts hier lebte.

Ich zwinge mich zu einem Lachen, das hier auf dem Dachboden mit der hohen Decke seltsam laut klingt. Befänden wir uns in einem Horrorfilm, hätten wir vermutlich ein altes Tagebuch gefunden, das unheilvoll mit einer blutverspritzten Seite endet, oder eine Reihe von Zeitungsartikeln über einen Massenmörder oder mysteriöse Fälle, in denen Personen verschwinden. Die verstaubten alten Aufzeichnungen der Menschen, die hier früher wohnten, hingegen haben uns nichts Entscheidendes verraten.

„Gut möglich“, stimme ich ihr zu, denn wer weiß das schon. „Komm, lass uns runtergehen. Ich habe Hunger.“ Das stimmt nicht wirklich, aber aus irgendeinem Grund habe ich das Gefühl, wir sollten den Namen des Mädchens nicht so beiläufig aussprechen. Ich möchte ihre Aufmerksamkeit nicht auf uns ziehen.

Moira und ihre Mutter verabschieden sich bald, sodass Mum und ich ein weiteres Mal still am Ende unseres langen Tisches sitzen und allein zu Abend essen. Es gibt Butterreis, Brokkoli und gebratenes Hühnchen. Einfaches, gutes Essen, was echt in Ordnung ist. Trotzdem stelle ich mir unwillkürlich vor, wie es geworden wäre, wenn Onkel Roderick gekocht hätte. Wildreis, womöglich lila Blumenkohl und geschwärztes Hühnchen. Irgendetwas mit Pfiff. „Was habt ihr Mädchen heute gemacht?“, fragt Mum.

Um uns herum schwirren Generationen von Patersons, aber ich glaube nicht, dass jemand von ihnen meine Aufmerksamkeit zu wecken versucht. Warum sollten sie, vor allem so plötzlich, etwas von mir wollen? Irgendetwas möchte dies allerdings schon, weshalb ich meine Schultern hochgezogen habe und ängstlich dasitze. Ich richte mich bewusst auf und versuche zu entspannen. „Wir waren auf dem Dachboden“, antworte ich. „Und haben meine alten Babysachen und deine Jahrbücher und solche Sachen angeschaut.“ Ich esse eine Gabel Reis. Der ist buttrig und salzig, und plötzlich bin ich dankbar für etwas so tröstlich Einfaches.

„Ein kurzer Ausflug in die Vergangenheit also?“, fragt Mum. In ihrer Stimme schwingt eine gewisse Neugierde mit, als wüsste sie, dass da noch etwas anderes vor sich geht.

„Jep“, sage ich so beiläufig wie möglich. „Wir haben dein Schulabschlussfoto gefunden. Warum hattest du so eine schreckliche Frisur?“

Sie lacht. „Das waren die Neunzigerjahre, mein modernes Kind. Wir fanden es schön. Übrigens hatte mich dein Onkel geschminkt.“

An mir streicht ein kühler Luftzug vorbei. Ich schaue auf, weil ich wissen will, ob meine Mutter ihn auch bemerkt hat und vielleicht zittert, aber sie reagiert nicht.

„Wie war euer Treffen?“, frage ich und pule ein Stück vom Hähnchen ab.

Sie zuckt mit den Schultern. „Es war ... okay. Wir loten ein paar neue Wege und Möglichkeiten aus. Damit du nächstes Jahr wieder ins Sommercamp fahren kannst!“

Sie klingt lebhafter, schaut mich aber nicht an, sondern auf den Teller. Als wollte sie etwas verbergen. Aber meine Mutter würde nie etwas Wichtiges vor mir verheimlichen. Vielleicht haben sie und Ellen ja gestritten, schließlich machen Erwachsene das manchmal, wenn es um Geschäftliches geht. Oder sie hat noch immer ein schlechtes Gewissen, weil ich nicht ins Camp konnte.

„Schon in Ordnung“, sage ich. „Es ist schön, den ganzen Sommer über hier abzuhängen.“ Das stimmt nicht so ganz, aber im Camp zu sein wäre dieses Jahr auch seltsam gewesen. Ich hätte entweder allen erzählen müssen, was passiert ist, oder niemandem davon erzählen dürfen. Beides wäre mir schwergefallen und ist mir dadurch immerhin erspart geblieben.

Ich gehe zu meiner normalen Schlafenszeit ins Bett, liege aber noch stundenlang wach und versuche zu lesen. Beim Frühstück hat Onkel Roderick manchmal über seine Träume nachgegrübelt, um herauszufinden, was sie bedeuten. Mum war der Meinung, dass sie gar nichts aussagen, sondern das Gehirn einfach nur in den angesammelten Gedanken des Tages kramt und sie irgendwie verarbeitet. Bisher fühlten sich meine Träume immer genauso an, eher wahllos, unwichtig und schnell wieder vergessen, weshalb ich ihr früher durchaus zustimmte. Aber jetzt will ich nicht einschlafen und nicht sehen, was mein Hirn – oder sonst jemand – mir mitteilen möchte. Doch natürlich kann ich nicht ewig wach bleiben, und während ich langsam wegdöse, denke ich noch: Und jetzt?

Ich befinde mich in einem Geschäft, in einer Umkleidekabine voller Kleider: gerüschte, gepunktete und gestreifte, geblümte und bunte, manche mit Puffärmeln, andere mit bauschigen Röcken. Sie sehen alle aus, als wären sie für Babys und kleine Mädchen, doch jetzt hängen sie für mich da, und ich muss sie anziehen, sonst wird irgendetwas Schlimmes passieren. Meine Hände greifen nach dem ersten, einem weißen Kleid mit aufgenähten pinkfarbenen Rosen. Ich bin riesig, und es ist winzig, dennoch quetsche ich meinen Kopf durch den Halsausschnitt und meine Arme in die Ärmel, an der Taille ist es so eng, dass es wehtut. Als ich in den Spiegel schaue, scheinen die Nähte fast zu platzen, und dort, wo der Stoff die Haut abschnürt, entstehen rote Flecken, aber mir bleibt keine Wahl. Ich nehme das nächste Kleid, ein luftig gelbes, und das ist noch schlimmer. Während ich es über meinen Kopf und an meinem Körper herunterziehe, stöhnt der Stoff, und die Nähte reißen, wobei mein Brustkorb, der schützend um mein pochendes Herz und meine pumpende Lunge liegt, knackt. Und dann noch ein drittes, weiß, mit Spitzen besetzt. Weder dieses Kleid noch das nächste reißen, aber jedes schnürt mich nur noch stärker ein, und ich ziehe zwanghaft immer neue an, obwohl sie zu warm und zu winzig sind. Mein Körper wird größer und größer, und keines passt, sie jucken schlimmer als Giftefeu, und ich würde mir die Kleider am liebsten vom Körper reißen und meine Haut gleich mit. Ich bekomme keine Luft, mein Herz klopft wie wild, und ich probiere immer wieder neue Kleider an. Eins muss doch richtig passen, so passen, wie sie das eigentlich sollen, und ich so aussehen, wie ich das eigentlich sollte, aber da wird plötzlich der Vorhang, hinter dem ich verborgen bin, beiseitegerissen, ich wirble herum, und

irgendwie hat sich mein Bettlaken wie ein Seil um mich gewickelt und spannt straff über meiner Brust. Ich bin wach, mir geht es gut, ich bekomme Luft. Mein Herz pulsiert bis zu den Ohren, doch als ich ein paarmal tief ein- und ausatme, beruhigt es sich. Ich wickle mich aus dem Laken, es ist Morgen, und mein Zimmer sieht unberührt aus. Keine Nachrichten aus dem Jenseits, kein Durcheinander. Nichts versucht, meine Aufmerksamkeit zu erregen. Vielleicht war das ja nur ein Traum aus der Kramschublade meines Gehirns, selbst wenn es sich so anfühlte, als wollte jemand zu mir in die Umkleide kommen. Und als hätte jemand auf der anderen Seite des Vorhangs gewartet.

Immer noch etwas zittrig, ziehe ich mich langsam an. Ich mache meine Sockenschublade auf, doch noch bevor ich einen richtigen Gedanken fassen kann, weiche ich entsetzt zurück und werfe mich auf den Boden, als hätte ich eine Schlange gesehen und würde versuchen, so schnell wie möglich wegzukommen.

Ich wünschte, dort wäre eine Schlange. Schlangen kriechen manchmal in Häuser und können auch in Schubladen gelangen. Eine Schlange würde Sinn ergeben. Aber das, was ich sehe, ergibt keinen Sinn. Dafür gibt es keine logische Erklärung.

In meiner Sockenschublade liegt Onkel Rodericks Jahrbuch aus der Highschool. Irgendetwas hat es dorthin transportiert. Irgendetwas hat die Seite mit seinem Abschlussfoto und seinem strahlend weißen Lächeln sowie dem akkurat gezogenen Seitenscheitel aufgeschlagen. Irgendetwas keucht. Das Geräusch stammt von mir, meine Brust hebt und senkt sich angestrengt. Mit zitternden Knien zwinge ich mich, aufzustehen und mich ein Stück nach vorn zu schleppen. Abwartend starre ich in sein Gesicht, als würde er jeden Moment etwas zu mir sagen.

Normalerweise kommen mir Achtzehnjährige immer ziemlich erwachsen vor, aber bei dem Foto denke ich nur, wie jung er aussieht, wie unverbraucht, glücklich und hoffnungsvoll. Ganz anders im Vergleich zum letzten Mal. Da wirkte sein Gesicht müde und traurig und eingefallen, trotzdem bemühte er sich um meinetwillen, fröhlich zu sein.

Das Foto spricht selbstverständlich nicht zu mir. Hier gibt es keine Magie wie in einem Märchenbuch. Aber unter dem Porträt steht ein Zitat: „‚Sei du selbst, alle anderen gibt es schon.' –

Oskar Wilde“, und ich weiß genau, wie das mit seiner Stimme klingen würde. Eine Stimme, die ich nie mehr hören werde. Eine Stimme allerdings – da bin ich mir inzwischen sicher –, die versucht, sich Gehör zu verschaffen.

Onkel Roderick ist zurück. Vielleicht war er nie weg. Und er versucht, mit mir zu kommunizieren.

Neun

Wenn mir jemand erzählt hätte, dass ich einmal vor meinem Onkel davonlaufen würde, hätte ich ihm niemals geglaubt. Aber das war, als ich noch dachte, er würde in Frieden ruhen, und bevor er anfing, mich zu verfolgen, meine Träume zu beeinflussen und Sachen in meinem Zimmer zu hinterlassen. Jetzt brauche ich vor allem ein wenig Zeit, um herauszufinden, was ich als Nächstes tun soll.

Ich verbringe den ganzen Tag draußen. In jeder Gespenstergeschichte, die ich bisher gelesen habe, verlassen die Geister nämlich nie das Haus. Auf sonnenbeschienenen Wiesen wird also nichts passieren, zumindest nicht in diesen Büchern. Natürlich gibt es bei uns auch noch den Wald, aber das ist kein dunkler, dichter Märchenwald mit bösen Wölfen. Sondern nur ein paar Bäume.

Jedes Mal, wenn ich mir die Fakten vor Augen führen will – Onkel, Geist, ruhelos, zurück –, jagt mein Verstand davon und konzentriert sich ausschließlich auf das, was ich gerade tue.

Das Mädchen streift durch den Wald, während es über das Geheimnis in ihrem Haus nachgrübelt, denke ich. „Sie klettert auf einen Baum", erzähle ich und klettere auf einen Baum, „mit einem Buch zwischen den Zähnen, und bleibt stundenlang dort sitzen und liest."

Zumindest versuche ich es, aber ich starre minutenlang auf

die Sätze vor mir, während meine Gedanken von der Geschichte, die ich lese, zu der Geschichte, die mir gerade passiert, hin- und herspringen. Als ich ins Haus gehe, um mir ein Glas Wasser zu holen, sagt Mum, dass ich Farbe bekommen habe und die frische Luft mir bestimmt guttut. Sie vergräbt sich den ganzen Tag in ihrem Atelier. An ihren Fingern sind Reste von Farbe, Kleber und Filzstift, und ihre Lippen presst sie fest zusammen.

Gegen sechzehn Uhr stehe ich bis zu den Waden im kühlen Wasser und denke, sie wate durch den Bach und suche nach Elritzen, als ich etwas höre. Zuerst ist da nur das gurgelnd sprudelnde Wasser, das spritzend über die Steine rauscht. Aus Büchern kenne ich den Ausdruck ‚murmelnder Bach', weshalb es mich zunächst nicht wundert, ein Murmeln des Wassers wahrzunehmen. Am Anfang klingt es ein wenig wie verschiedene Stimmen. Aber nicht wie die von Menschen, sondern wie ein Geplapper ohne Worte. Doch dann klingt es nicht mehr wie mehrere Stimmen, sondern eher wie eine einzige. Das fällt mir allerdings nicht sofort auf, denn der Bach ist voller kleiner Fische, und während ich versuche, sie mit den Händen zu fangen, bewege ich mich so schnell wie möglich vorwärts. Allerdings sind die Elritzen außerordentlich flink, und ich habe keine Chance, sie zu fangen. Deshalb plansche ich nicht weiter durchs Wasser, sondern bleibe gebückt und ganz still stehen, während ich meine Hände zu einer Schüssel forme und warte, dass die Fische hineinschwimmen.

Das ist der Moment, in dem ich sie höre. Die Stimme. Nicht die eines murmelnden Bachs, sondern die eines Menschen. Eines Mannes. Einzelne Worte kann ich nicht verstehen, aber es klingt nach jemandem, der in ein Haus hineinruft, von dem er nicht weiß, ob es wirklich leer ist, und er wissen will, ob jemand darin ist und ihn hören kann. Genaue Worte kann ich wegen des rauschenden Wassers und plötzlichen Klopfens in meiner Brust nicht verstehen, aber die Dringlichkeit ist unverkennbar. Es klingt wie Onkel Roderick. Langsam richte ich mich auf, und während das Wasser von meinen Fingern tropft, drehe ich mich in die Richtung, aus der die Stimme kommt. Ich lausche aufmerksam und wende meinen Kopf mal hierhin und mal dorthin, doch die Stimme kommt von überall und nirgends.

Sie klingt eindringlich und ruhig, scharf, aber dennoch tröstend. Wie jemand, der einem sagt, man solle aufwachen und rausgehen, brauche aber nicht in Panik zu geraten. Keins der Wörter ist deutlich. Ich verstehe Fetzen wie „Du musst" oder „Ich muss dir etwas sagen". Vielleicht höre ich auch meinen Namen. Die Stimme klingt vertrauter als meine eigenen Gedanken und gleichzeitig gedämpfter, als dringe sie durch eine Wand voller Baumwolle und Spinnweben. Die Stimme wird so laut, dass meine Ohren dröhnen, und dennoch höre ich sie nicht mit meinen Ohren. Ich höre sie in meinem Schädel. Sie wird lauter und lauter, und plötzlich erinnere ich mich an das einzige Mal in meinem Leben, als Onkel Roderick mich angeschrien hat. Ich war fünf Jahre alt und hätte beinahe einen Topf mit kochend heißem Wasser vom Herd gezogen. Damals klang er wütend, dabei versuchte er bloß, mich zu beschützen. Jetzt klingt er auch wütend.

Sobald mir dieser Gedanke kommt, wird die Stimme leiser. Sie verstummt allmählich und wird von einem Paukenschlag zu einem tröstenden Flüstern. Dann verweht sie ganz, und es bleiben bloß Kopfschmerzen zurück. Ich habe keine Ahnung, was er mir sagen wollte. War das eine Warnung? Ist Onkel Roderick zurückgekommen, um mich vor etwas zu beschützen?

Ich bleibe im Bach stehen und hoffe, dass die Stimme zurückkommt und ich sie dann verstehen kann. Wie lange ich dort warte, weiß ich nicht, aber die Sonne zieht in der Zeit von hoch oben am Himmel bis tief zum Horizont, und um diese Jahreszeit geht die Sonne erst spät unter. Draußen ist es recht warm, ich verharre völlig reglos, bis zu den Knien in der Strömung. Als mir auffällt, dass mir doch ein wenig kalt ist, zittere ich bereits am ganzen Körper und stakse aus dem Bach. Ich bin so steif gefroren, dass ich stolpere, und meine Beine sind käsig und verschrumpelt. Mit noch immer pochendem Kopf schleiche ich nach Hause.

Dort angekommen, gehe ich direkt ins Bad und sitze eine gefühlte Ewigkeit auf dem Klo. Ich habe keine Ahnung, wie lange meine Blase schon kurz vorm Platzen war, aber als ich endlich fertig bin, fällt es mir schwer, wieder aufzustehen.

„Bist du das, Süße? Kommst du gleich mal zu mir ins Atelier?“, höre ich Mum laut und deutlich fragen.

„Jaha!“, rufe ich zurück. Meine Stimme klingt normal. Ich schüttle ein paarmal fest den Kopf, um ihn nach dem seltsamen Tag wieder klarer zu bekommen. Als ich schließlich aufstehe und mir die Hände wasche, betrachte ich mich im Spiegel des Medizinschranks, aber das Gesicht, das mir dort entgegenblickt, ist mir fremd.

Mum oder Onkel Roderick passiert das nie. Ich erinnere mich noch, wie ich als kleines Kind gefragt habe, was eigentlich manchmal mit den Spiegeln los ist. Doch sie haben nicht verstanden, was ich meinte. Ich versuchte, es zu erklären, und sagte so etwas wie: „Na, wenn dein Gesicht darin falsch aussieht.“ Die beiden schauten sich besorgt an, und ich erwähnte es nie wieder. Falls ein seltsames Spiegelbild auftaucht, wende ich einfach meinen Blick ab.

Doch jetzt, in diesem Moment, schaue ich hin. Ich kann gar nicht erklären, was so falsch daran ist, ich weiß nur, dass mich nicht mein Gesicht anschaut. Wenn ich beschreiben müsste, was ich sehe, würde es nach mir klingen: lange, glatte, dunkle Haare, die fest zu einem Pferdeschwanz zusammengebunden sind. Blaugrüne Augen, gebräuntes Gesicht mit Sommersprossen. Nichts Besonderes. Aber trotzdem ist das nicht mein Gesicht. Es sieht eher wie die Vorstellung aus, die jemand anderes von mir hat, ohne dass ich das wirklich bin.

Ich starre in die blaugrünen Augen, die so lange nicht blinzeln, bis ich es tue. Vielleicht eine Millisekunde später. Ich halte den Blickkontakt, bis meine Mutter ruft. „Alles in Ordnung bei dir da drinnen?“, will sie wissen. Und als ich dann wieder in den Spiegel schaue, ist die Fremdheit verflogen, und ich sehe einfach nur mein normales Gesicht, das müde und besorgt aussieht.

„Komme gleich!“, rufe ich zurück und probiere verschiedene Gesichtsausdrücke aus, bis die Falte zwischen meinen Augenbrauen verschwindet und mein Lächeln etwas ungezwungener wirkt.

Mit Schwung öffne ich die Tür zu Mums Atelier. Auf ihrem Schreibtisch liegen schwarze Seidenpapierschnipsel, weiße Pappe und Montagekleber. „Wo hast du den ganzen Nachmittag gesteckt?“, fragt sie. „Ich habe nach dir gerufen, aber du hast dich wohl jenseits der Wiese herumgetrieben.“

„Oh, entschuldige. Ich war am Bach und habe Elritzen gefangen“, was so weit ja stimmt.

„Nicht schlimm. Ich wollte dir nur sagen, dass du dir nachher eventuell selbst etwas zum Essen machen musst. Moiras Mutter hat angerufen, sie will mich ins Restaurant einladen, damit wir Geschäftliches besprechen können. Ich weiß, dass du seit Roddys Tod nicht mehr allein warst, wenn du also mitkommen möchtest, ist das kein Problem."

„Schon in Ordnung", sage ich. Schließlich wollte mich nichts wirklich ernsthaft verletzen, und Mum hat den ganzen Sommer über das Haus kaum verlassen. Sie war mindestens schon ein Jahr lang nicht mehr mit Leuten unterwegs. Davon abgesehen sind die unheimlichen Dinge auch passiert, als sie zu Hause war. Sie kann sich also genauso gut einen schönen Abend machen.

Mum umarmt mich und küsst mich auf den Kopf. Ich habe keine Ahnung, warum Mütter einen immer auf dem Kopf küssen, aber ich mag das.

„Wenn du willst, es ist noch Hühnchen von gestern übrig, oder du kochst dir eine Suppe oder überbackene Makkaroni. Ach, egal, meinetwegen kannst du auch Kekse und Salzbrezeln essen, wenn du mir versprichst, es mir nicht zu erzählen. Nimm das, worauf du Lust hast. Und schau dir einen Film an, wenn du willst." Sie schlüpft in ihre Schuhe und räumt ihren Schreibtisch auf.

„Ich komme schon zurecht, Mum!", sage ich. „Viel Spaß euch. Weißt du was, ich koche mir etwas Gesundes, wenn du mir Donuts oder so etwas mitbringst." Es wundert mich, wie normal ich klinge. Anscheinend war ich überzeugend, denn sie lacht, küsst mich noch einmal auf den Kopf und geht los.

Zum Abendessen mache ich mir überbackene Makkaroni. Nicht mit diesem Pulver zum Anrühren, sondern mit dem

Schmelzkäse aus der Tube zum Rausquetschen. Das Gericht sieht fast wie überbackene Muscheln aus, finde ich. Onkel Roderick hat nie verstanden, warum mir das besser schmeckte als seine raffinierte Béchamelsoße mit besonderem Käse aus der Region. Er behauptete, dass diese knallorangen ‚Käseprodukte' im Grunde genommen Plastik wären. Natürlich schmeckten mir seine *nouilles et fromage en casserole*, wie sie in dem Buch *Die heimlichen Museumsgäste* genannt werden. Aber immer, wenn er zum Abendessen nicht zu Hause war, bettelte ich Mum an, dass sie als Belohnung den Quetschkäse aus der Tube nahm. Während das Wasser kocht, knabbere ich ein wenig Brokkoli und Babykarotten, weil mir Brokkoli und Babykarotten schmecken, schließlich ich will mein Versprechen, etwas Gesundes zu essen, einhalten.

Normalerweise würde ich mich mit einem Buch an den Tisch setzen, aber heute habe ich Lust, es mir gut gehen zu lassen. Ich lasse mich auf die Couch plumpsen, stelle die dampfende Schüssel neben mich und schalte den Fernseher an. Der Quetschkäse schmeckt besser, wenn er ein bisschen abkühlt und krustig wird. Das klingt eklig, ich weiß, aber mir schmeckt das super. Als ich einen Zeichentrickfilm gefunden habe, lege ich die Fernbedienung weg und mache es mir bequem.

Ich bin wie eine unabhängige, selbstbewusste Figur in einem Buch, die zu Hause einen gemütlichen, entspannten Abend verbringt. Im Herbst oder Winter wäre die Szene natürlich noch gemütlicher, dann hätte ich eine warme Decke über meinen Beinen und eine Tasse Tee oder Kakao in der Hand. Aber so ist es auch ganz schön. Mit laufendem Fernseher fühle ich mich nicht einsam. Nur allein.

Ich habe erst einen Bissen gegessen, als irgendwo im Haus eine Tür auffliegt. Das passiert bei uns ständig, daher beachte ich das kaum. Die zweite ein paar Sekunden später nehme ich auch nur am Rande wahr. Die dritte und vierte aber schon, weil das Knallen immer näher in meine Richtung kommt.

Ich atme kaum. Das ändert nichts. Die Türen knallen wieder, diesmal in umgekehrter Reihenfolge, und als die Tür am anderen Ende des Hauses zuschlägt, höre ich oben in Mums Zimmer den Fernseher angehen. Dann erwacht das Radio in der Küche zum Leben. Der Fernseher vor meiner Nase schaltet sich selbstständig aus. Und ganz plötzlich ist es im Haus vollkommen still.

„Hallo?“, rufe ich. „Wer ist da?“ Als ob ich das nicht wüsste ...

Ich erwarte nicht wirklich eine Antwort. Aber ich muss irgendetwas sagen, damit Onkel Roderick, oder was auch immer von ihm übrig ist, weiß, dass ich hier bin.

Nichts passiert. Ich überlege, aufzustehen und nachzusehen, ob irgendwo an einem beschlagenen Fenster eine Nachricht steht oder etwas auf einen Spiegel gekritzelt wurde. Gerade, als ich meine Beine vom Sofa schwinge, geschieht alles auf einmal.

Der Fernseher schaltet sich auf höchster Lautstärke von allein ein und wechselt in atemberaubendem Tempo die Sender. Mit dem Radio in der Küche und dem Fernseher im Zimmer meiner Mutter passiert dasselbe. Aber kurz darauf kann ich sie über den ohrenbetäubenden Lärm der auf- und zuschlagenden Türen kaum noch hören, es klingt fast, als würden sie aus den Angeln fliegen. Obwohl Mum die Haustür abgeschlossen hat, knallt auch die immer wieder auf und zu, auf und zu. Genau wie die Glasschiebetür hinter mir und sogar die Fenster, sodass eiskalte Luft durch den Raum weht, auch wenn es draußen noch sommerlich warm ist. Die Schüssel mit meinen überbackenen Nudeln fällt vom Sofakissen und zerbricht, und der Inhalt verteilt sich über den ganzen Boden.

Ich weiß nicht, was ich tun soll. Mir fällt nur eine Sache ein, nämlich mich umzudrehen und mein Gesicht wie ein kleines Kind in die Ecke des Sofas zu drücken, nach dem Motto: Wenn ich beim Versteckspielen niemanden sehen kann, entdeckt mich auch keiner. Dann lege ich schützend die Arme über meinen Kopf und schreie ins Kissen, bis es in meinen Ohren klingelt.

Ist es das, was Onkel Roderick will? Will er, dass ich mich fürchte? Obwohl ich das bezweifle, bin ich vor Angst erstarrt. Das kann doch gerade unmöglich passieren, aber es geschieht tatsächlich, und ich will nur, dass es vorbei ist.

Allmählich lässt es nach. Die Geräte schalten sich nacheinander aus. Die Türen knallen nicht mehr, sondern schwingen nur noch hin und her, ich höre, wie die Schlösser ein- und ausrasten, bis sie wieder auf- oder zugesperrt sind. Die Fenster bleiben offen, und auch der Riegel an der Haustür rutscht zurück an seinen Platz. Der Fernseher im Wohnzimmer zappt durch die Kanäle, bis er wieder bei dem Zeichentrickfilm landet, den ich mir angeschaut hatte.

Schweißgebadet löse ich mich langsam keuchend vom Sofakissen. Während ich mich aufsetze, schwankt die Lautstärke des Zeichentrickfilms ein wenig, bis sie wieder perfekt eingestellt ist. Das ist verwirrend. Als wollte irgendein Wesen (er) sich um mich kümmern, nachdem es (er) mich zu Tode erschreckt hat. Als wollte es (er) sagen: *„Tut mir leid, dass ich dir einen Schreck eingejagt habe, aber alles ist in Ordnung, und dir geht es gut.“* Mein Abendessen liegt noch immer auf dem Boden, die Schüssel ist noch immer zerbrochen, doch ansonsten ist alles normal.

Als meine Mutter endlich nach Hause kommt, zittere ich noch am ganzen Körper, habe mich aber im großen Ganzen gefasst. Der Boden ist aufgewischt, die zerbrochene Schüssel tief im Mülleimer vergraben, und ich habe mich gezwungen, oben nachzuschauen. Dort sah alles in Ordnung aus. Mum küsst mich auf den Kopf, gibt mir eine glänzend braune Papiertüte und fragt mich, wie mein Abend war. „Gut", erwidere ich.

Sie sieht trotzdem besorgt aus. „Wie war euer Abendessen?", frage ich und werfe einen Blick in die Tüte. Darin wartet ein Donut mit Schokoguss. Meine Lieblingssorte.

Mum setzt sich vorsichtig ans andere Ende des Sofas und wirft ihre Tasche auf den Boden. Sie zieht sich ein Kissen auf den Schoß und zupft am Bezug; den Überzug hat Onkel Roderick bestickt, während wir zusammen alte Filme angeschaut haben. Ein weiß-hellblaues Paisley-Muster.

„Ich will dir nichts vormachen, Schatz. Es war nicht besonders gut. Es gibt inzwischen einfach viel mehr Konkurrenz als früher. Als wir damals anfingen, haben die Geschäfte ganze Drehgestelle mit unseren Karten gefüllt. Jetzt können wir froh sein, wenn sie überhaupt einen Platz bekommen. Ellen gefallen ein paar meiner neuen Entwürfe, aber sie meint, dass unsere Kunden die nicht zusätzlich bestellen werden, sondern eher statt der älteren Motive."

„Oh." Ich halte meine Donuttüte so fest, dass sie zerknittert. Der Appetit ist mir vergangen. Hätte ich Mum bloß nicht gebeten, mir einen mitzubringen. Hoffentlich war er nicht zu teuer. „Was ... was bedeutet das? Für uns? Und für Moiras Familie?" So, jetzt höre ich mich wenigstens nicht allzu egoistisch an.

Sie drückt das Kissen an sich, umklammert es fast. Eigentlich müsste ich sie jetzt in den Arm nehmen, aber ich kann nicht. Ich denke an den Morgen, als Onkel Roderick gestorben ist und ich sie getröstet habe, was sich richtig und gleichzeitig falsch anfühlte. „Moiras Familie braucht sich keine Sorgen machen“, sagt sie. „Du weißt ja, dass ihr Vater ein Architekturbüro hat. Das läuft sehr gut. Und ob du es glaubst oder nicht, aber hier in der Gegend gibt es eine Menge neuer Bauprojekte. Was uns betrifft ... nun, das lässt sich noch nicht sagen. Vielleicht ist das ja die passende Gelegenheit. Dieses Haus war schon immer zu groß für drei Leute. Und für zwei erst recht.“

Redet sie etwa davon, das Haus zu verkaufen? Sie kann doch unmöglich wollen, dass wir umziehen. Onkel Roderick ist Teil des Gartens und des Waldes und des Baches, und vielleicht schweben noch immer ein paar Partikel seiner Asche in der Luft. Wir können ihn jetzt nicht allein lassen. Plötzlich habe ich das Gefühl, jemand steht direkt hinter mir, und bekomme eine Gänsehaut. Nein, es fühlt sich nach mehreren Personen an. Die Patersons, mein Onkel, alle, die hier gelebt haben und gestorben sind. All diejenigen, die wir verlassen würden. Wir dürfen sie nicht im Stich lassen.

„Vielleicht könnten wir ein Bed and Breakfast eröffnen“, sage ich. „Oder Pensionsgäste aufnehmen. Oder Untermieter.“ Die Idee, eine Pension zu betreiben, gefällt mir. Oder ein Künstlerhaus. Ein Buch über ein Mädchen, das in so einem Haus lebt, wäre bestimmt gut.

„Vielleicht“, meint Mum. Meine Anspannung lässt ein wenig nach, und ich sinke aufs Sofa zurück. Ich bin sogar ein wenig aufgekratzt und atme wahrscheinlich das erste Mal seit Stunden tief ein.

„Machen wir uns darüber jetzt noch keine Gedanken, Schatz. Es wird sich nicht sofort etwas ändern. Und wir werden über alles, was auf uns zukommt, in Ruhe reden." Sie streckt sich und gähnt. „Da unsere Unterhaltung vermutlich ohnehin nicht mehr fröhlich wird, schau dir mal das Buch an, das Ellen mir gegeben hat." Sie wühlt in ihrer Tasche und zieht ein Buch mit einem hellen grün-gelben Umschlag heraus. Es landet auf dem Cover, als sie es quer über die Couch in meine Richtung wirft, doch wenn ich den Hals recke, kann ich erkennen, was auf dem Buchrücken steht.

„Über den Tod und das Sterben", lese ich vor. „Lustig. Ist das eine Art Gebrauchsanweisung?"

„Ha. So was in der Richtung. Aber nicht darüber, wie man stirbt, sondern wie man den Tod eines anderen übersteht."

„Hm." Ich nehme es in die Hand, weil ich spüre, dass sie das möchte, und blättere durch die Seiten.

Mum rückt neben mich, bricht ein Stück von meinem unangetasteten Donut ab und steckt es in den Mund, während sie auf eine Seite tippt. „Die Autorin spricht davon, dass es unterschiedliche Trauerphasen gibt, die man durchläuft. Nicht-wahrhaben-Wollen, Wut, Verhandeln, Krise, Akzeptanz."

Ich fahre mit dem Finger die Seite entlang und schaue mir die verschiedenen Phasen an.

„Bist du beim Nicht-wahrhaben-Wollen?", frage ich, woraufhin Mum den Kopf schüttelt. „Bei der Wut?" Sie verneint wieder.

„Und du? Beim Verhandeln?"

„Ich glaube nicht", sage ich. Schätzungsweise gibt es kein Kapitel, das ‚Wie du mit dem Tod eines geliebten Menschen umgehst, wenn er in deinem Haus herumspukt' heißt. Ich lege meinen Finger zwischen ‚Krise' und ‚Akzeptanz'.

„Wahrscheinlich stehe ich hier", vermute ich. „Keine Ahnung, ob ich die anderen Stadien durchlaufen habe. Er war zu lange krank, um das nicht wahrhaben zu wollen. Oder um wütend zu sein. Die Punkte haben wir wahrscheinlich schon längst abgehakt." Mir fällt mein Donut ein, und ich beiße ein Stück ab. Er ist zu teigig und wird in meinem Mund ganz klebrig. Ich schlucke angestrengt, während ich den Rest zurück in die Tüte lege.

„Was sind wir doch vernünftig. Wahrscheinlich hast du recht", sagt Mum. „Und ich bin ganz deiner Meinung, Schatz. Ich weiß nicht genau, warum Ellen wollte, dass ich das Buch lese, aber es ist nett, dass sie helfen möchte. Schmeckt dir der Donut?"

„Total gut", lüge ich. „Ich hebe mir den Rest für später auf. Ich bin vom Abendessen noch immer satt. Überbackene Makkaroni. Und ein wenig Gemüse."

Mum lächelt, diesmal ein echtes Lächeln, und nimmt mich in den Arm. Ich umarme sie auch, und zwar mit einer ganz normalen Gute-Nacht-Umarmung. Und keine ‚Ich will nicht weg aus diesem Haus'-Umarmung. Oder eine ‚Ich werde von Geistern heimgesucht'-Umarmung. Nur eine ‚Alles ist gut, und du brauchst dir keine Gedanken über deine Tochter zu machen'-Umarmung. Wir halten uns ein wenig länger fest als sonst und gehen dann schlafen.

Während ich hellwach in meinem Bett liege und die Augen fest vor allem verschließe, was mir dort in der Dunkelheit womöglich auflauert, gehe ich in Gedanken durch, was ich weiß.

Onkel Roderick ist gestorben, aber irgendetwas stimmt nicht. Er ruht nicht in Frieden. Den Grund kenne ich nicht. Durch die Träume, Nachrichten und jetzt diesen großen Tumult versucht er, meine Aufmerksamkeit zu gewinnen. Er will mir etwas mitteilen, aber ich habe keine Ahnung, was. Und es gibt nur einen Ort, an dem ich das herausfinden kann.

Zehn

Am nächsten Morgen bin ich erschöpft. Aber zum Glück nicht von neuen Träumen, wobei, vielleicht ist das gar kein Glück. Vielleicht weiß Onkel Roderick jetzt, dass ich herausfinden werde, was los ist und warum er noch nicht gegangen ist, weshalb er meinem Unterbewusstsein auch keine Botschaften mehr senden muss. Während des Frühstücks gähne ich ununterbrochen und schwinge mich dann aufs Fahrrad.

Ich bin den ganzen Sommer über noch nicht ein Mal in die Stadt gefahren. Außer der Bücherei gibt es da nicht viel, und mir war nicht nach neuen Büchern. Aber dort werde ich bestimmt ein paar Erklärungen finden.

Der Weg ist weit. Die geschotterte Auffahrt zu unserem Haus zieht sich gut anderthalb Kilometer und ist auf beiden Seiten dicht mit Bäumen bewachsen. Die unbefestigte Straße, von der sie abzweigt und in der wir offiziell wohnen, heißt Sullivan Road. Ich frage mich, wie es ist, Nachbarn zu haben.

Mit jedem Tritt in die Pedale entferne ich mich ein Stück weiter von unserem Haus. Ich atme hastig, mein Herz klopft schnell. Zur Abwechslung einmal vor Anstrengung und nicht vor Angst. Seit meinem letzten Besuch bei Moira habe ich mich nicht großartig von zu Hause wegbewegt. Entweder war ich draußen, um das Haus zu meiden, oder drinnen, wo ich schlecht geträumt habe und damit irgendwie zurechtkommen musste. Während ich schwer atmend immer kräftiger trete, rauschen die Bäume an mir vorbei, und ich fühle mich so entspannt wie lange nicht mehr. Ich hatte bisher noch nie das Bedürfnis, zu etwas Abstand zu gewinnen, und wusste daher nicht, wie befreiend das sein kann.

Plötzlich fällt mir das Buch ein, das Mum gestern Abend mitgebracht hat. Ich mag die Vorstellung, dass es unterschiedliche Phasen der Trauer gibt, die man schön der Reihe nach durchläuft und die mit ‚Akzeptanz' enden. Gleichzeitig frage ich mich, ob diese ganze Spukgeschichte in die Kategorie ‚Verhandeln' fällt. Also, dass Onkel Roderick mit dem Universum oder dem Jenseits verhandelt und er ein wenig länger auf der Erde bleiben darf, weil … tja, das weiß ich eben noch nicht. Genau das will ich herausfinden.

Oder vielleicht verhandle ich ja. Vielleicht halte ich ihn hier fest, weil ich ihn nicht loslassen kann. Und wenn ich wirklich schon die ‚Akzeptanz' erreicht hätte, könnte er endlich in Frieden ruhen.

Aber nein. Ich bin bestimmt nicht schuld daran, dass ein Teil von ihm immer noch hier ist. Garantiert weiß er, dass ich nur möchte, dass es ihm gut geht, und wenn er nicht gesund und lebendig sein kann, möchte ich, dass es ihm im Tod gut geht. Selbst wenn er uns deswegen für immer verlassen muss.

Nach einer halben Stunde erreiche ich die Bücherei. Ich drücke die Tür auf und atme tief ein, als mir die klimatisierte Luft entgegenschlägt. Bis jetzt war mir gar nicht aufgefallen, wie heiß es draußen ist, aber mein schwarzes, verwaschenes T-Shirt klebt an meinem Oberkörper, und auf meiner Stirn steht Schweiß. Die Bibliothekarin, Mrs Goldman, winkt mir zu, und ich winke zurück, bevor ich zum Computer gehe. Während des Schuljahres komme ich ständig hierher, manchmal allein, manchmal mit meiner Mutter oder meinem Onkel. Mrs Goldman ist ebenfalls aus New York hierhergezogen, daher hatten sie immer Gesprächsstoff. Bei der Gedenkfeier gehörte sie zu den Menschen, bei denen ich es nicht schaffte, mich mit ihnen zu unterhalten.

Ich tippe ein paar Schlagwörter in das Suchfeld: ‚Geist', ‚Spuk', ‚Übernatürliches'. Dann schreibe ich mir die Standortnummern auf und gehe zu den Regalen. Hier und da bleibe ich stehen, damit niemand merkt, dass ich mich schnurstracks auf den Weg in diese Abteilung mache. Die Bücherei ist fast leer, weshalb es keinen Grund gibt, sich vor neugierigen Blicken zu fürchten, aber man weiß ja nie, wer einen durch die Regale beobachtet.

Sobald ich bei dem Bereich angekommen bin, suche ich einen Stapel Bücher zusammen, die mir hilfreich erscheinen. Eins ist so eine Art Lexikon des Übernatürlichen, ein anderes handelt von weltweiten Geistererscheinungen. Und dann noch ein paar, die denen recht ähnlich, aber vielleicht trotzdem nützlich sind. Ich trage sie zu einem Tisch in der Ecke, lege sie mit einem lauten Rums ab und mache es mir bequem.

Geistergeschichten mochte ich schon immer, aber bis jetzt habe ich nur erfundene gelesen. Manche beruhten ‚auf einer wahren Geschichte', aber trotzdem stammt alles, was ich über Geister weiß, aus Märchen, gesammelten Erzählungen und Filmen. Es kam mir nie wichtig vor, die unterschiedlichen Geisterwesen in unserem Haus näher zu erkunden, und sie interessierten mich ungefähr genauso sehr wie die verschiedenen Holzsorten, die man für Türen, das Dach oder einen Küchentisch braucht – also gar nicht. Aber das war, bevor eines dieser Wesen versuchte, meine Aufmerksamkeit zu erlangen.

Zwei Stunden später weiß ich immer noch nicht genau, weshalb Onkel Roderick mich heimsucht, aber etwas besser vorstellen kann ich es mir schon.

Möglicherweise ist das gar nicht der Geist meines Onkels. Es könnte auch ein Poltergeist sein, was im wahrsten Sinne des Wortes ‚lärmender Geist' bedeutet. Diese Geister-Art ist dafür bekannt, mit Türen zu knallen, Spiegel zu zerbrechen und irgendwelchen Kleinkram, Bücher oder sogar Möbel durch Zimmer zu werfen. Ich lese eine ganze Reihe solcher Poltergeistbeschreibungen, und alle klingen ziemlich nach dem, was zu Hause passiert ist. Außerdem können diese Phänomene offenbar durch die große Verzweiflung von Menschen, insbesondere junger Menschen, hervorgerufen werden.

Ich bin ein junger Mensch. Und Onkel Rodericks Tod zählt schätzungsweise zu den Dingen, die eine große Verzweiflung verursachen. Trotzdem überzeugt mich die Poltergeist-Theorie nicht vollständig, denn normalerweise bemerken alle im Haus, wenn dort herumgepoltert wird. Mum hat aber überhaupt nichts davon mitbekommen. Berichte über Poltergeister, die nur auf eine Person abzielen und um sie herumlärmen, kann ich nicht finden.

„Entschuldige, Liebes", sagt jemand, und ich zucke überrascht zusammen. Ich war so in meine Recherche vertieft, dass ich gar nicht bemerkt habe, wie die Bibliothekarin herübergekommen ist.

„Oh, tut mir leid, muss ich schon zusammenpacken?" Meine Stimme zittert leicht.

„Nein, noch nicht, und mir tut es leid, wenn ich dich erschreckt habe. Aber es ist ein neuer Junge in die Stadt gezogen, er war schon ein paarmal hier, und ich dachte, er würde vielleicht gerne Gleichaltrige kennenlernen."

Hinter ihr steht jemand. Ein Junge, ungefähr in meinem Alter, blonde Haare, haselnussbraune Augen und genauso sonnengebräunt wie ich. Ist das der Junge, von dem Moira gehört hat und der in das alte Baumler-Haus gezogen ist? Er trägt karierte Shorts und ein blütenweißes T-Shirt, und ich komme mir plötzlich ziemlich schäbig vor. Ich bin es nicht gewohnt, neue Kinder kennenzulernen, aber ich stehe trotzdem auf und strecke ihm meine Hand entgegen.

„Ich heiße Griffin", sagt er, als Mrs Goldman wieder geht.

„Und ich Mücke", erwidere ich. Überrascht neigt er den Kopf zur Seite, kommentiert meinen Namen aber nicht weiter, was mir sehr gefällt. Wir setzen uns an den Tisch, auf dem ich die Bücher ausgebreitet habe.

„Wir sind erst vor Kurzem von Portland hierhergezogen", erzählt er. „Meine Eltern haben früher als Rechtsanwälte gearbeitet, es aber beide gehasst. Jetzt wohnen wir in einem alten Farmhaus, meine Mutter schreibt einen Roman, und mein Vater versucht herauszufinden, wie es funktioniert, Hühner, Ziegen und anderen Tierkram zu versorgen. So weit ist alles ganz in Ordnung. Auch wenn ich glaube, dass es in unserem Haus spukt."

„Perfekt!", rufe ich. Er wirkt verständlicherweise etwas verwirrt, meine Reaktion war schließlich auch nicht gerade normal. Deshalb schiebe ich schnell eine Erklärung hinterher. „Bei uns zu Hause spukt es auch. Deshalb bin ich in die Bücherei gefahren und habe mir all diese Bücher rausgesucht. Ich möchte mehr über Geister erfahren." Eigentlich stimmt das nicht ganz, denn es geht ja nur um einen speziellen Geist, aber das erzähle ich ihm nicht. An Geister zu glauben, ist eine Sache, aber einem völlig Fremden zu erklären, dass mein toter Onkel zurückgekommen ist, um mir etwas mitzuteilen, eine ganz andere und überspannt schätzungsweise den Bogen.

„Oh!“, lacht er, wobei seine lila Zahnspange aufblitzt. „Das ist ja tatsächlich irgendwie perfekt. Hast du schon etwas Nützliches herausgefunden?“

„Eine Menge. Erstens, Geister spuken nicht ohne Grund. Manchmal liegt es daran, dass die Person auf eine Weise gestorben ist, bei der etwas von ihr zurückbleibt. Ein Teil von ihr hängt also quasi fest, und sie muss immer wieder ein und dieselbe Sache tun. Solche Spukerscheinungen treten jedoch bloß dort auf, wo jemandem etwas Schlimmes zugestoßen ist.“

Es ist mir ziemlich peinlich, so zu reden, hoffentlich hält er mich jetzt nicht für krankhaft besessen, aber Griffin nickt bloß nachdenklich. „Könnte das unheimliche Geräusche erklären? Zum Beispiel, als ob jemand die Treppe hinauf- und herunterläuft?“

„Absolut“, sage ich. Einen Moment lang frage ich mich, wer da plötzlich so voller Selbstvertrauen mit einem fremden Jungen spricht. Aber Geister ergeben für mich nun mal einen Sinn, und da Griffin mir gern zuzuhören scheint, rede ich schnell weiter. „Oder auch irgendwelche kalten Stellen und Orte, an denen es nie warm wird. Das erklärt eine Menge der unheimlichen Dinge, die bei uns zu Hause schon seit Ewigkeiten vor sich gehen.“

„Aber es gibt auch noch andere Arten von Gespenstern, oder? Solche, die absichtlich irgendwelche Dinge tun?“, fragt er und blättert durch eins der Bücher. Bei einem Foto, auf dem hinter einem lächelnden Kleinkind ein weißer Klecks schwebt, bleibt er hängen.

„Ja.“ In meinem Nacken kribbelt es. Auch wenn es Spaß macht, darüber zu reden, meine ich das ernst. Vielleicht geht es Griffin ja genauso. „Manchmal bringen Geister Menschen dazu, bestimmte Dinge zu tun. Zum Beispiel, ihren Tod zu rächen. Ein Geheimnis zu lüften. Oder eine Nachricht weiterzugeben. Oder sie spuken, weil ein bestimmter Mensch etwas erfahren soll ...“ Ich finde das Kapitel, das ich gerade gelesen habe, wieder und schiebe das Buch zu ihm rüber.

„‚Diese Spukerscheinungen ähneln manchmal einem Poltergeist‘“, liest Griffin vor, „‚und zeigen sich auf unterschiedliche Art und Weise. Augenzeugen berichten von schwebenden Objekten, die ab und an zerbrechen.‘ Das klingt unheimlich.“

„Stimmt“, sage ich. „Zum Glück habe ich so etwas noch nie erlebt.“

Griffin blättert weiter und zeigt auf einen anderen Absatz. „Da steht, dass diese Art von Spukerscheinungen normalerweise eingegrenzt auftreten, sie geschehen also nur an einem Ort, können allerdings eine Person verfolgen. Ob es hier in der Bücherei wohl auch spukt?“, fragt er und blickt sich theatralisch um.

Ich schaue unterm Tisch nach, was ihn zum Lachen bringt. „Geisterfrei!“, verkünde ich, während die Erinnerung an die Stimme beim Bach durch meinen Kopf spukt. Wir brüten beide eine Weile über den Büchern. Zwischen uns herrscht eine angenehme Stille, so als stünden wir uns schon nahe genug und bräuchten nicht zwangsläufig miteinander zu reden.

Einen Moment lang fühlt sich das ganz gut an, wir sind einfach zwei Kinder, die in Büchern blättern, doch dann fängt die Erzählstimme in meinem Kopf an, die Situation zu beschreiben: Ein Mädchen in schäbigen Kleidern sitzt diesem neuen Jungen, der objektiv betrachtet wirklich hübsch ist, gegenüber, und wie sich diese Geschichte normalerweise entwickeln würde. Ich sage mir, dass das albern ist und ich ihn kaum kenne, aber auf den Text vor meiner Nase kann ich mich nicht mehr konzentrieren. Plötzlich glaube ich, dass nichts an mir, weder meine Haare noch meine Kleidung, im Verhältnis zu Griffin stimmen. Bei ihm ist alles irgendwie richtig, so wie auch Moira einfach ein richtiges Mädchen ist. Ich muss hier weg, bevor er merkt, dass an mir nichts stimmt, und suche panisch nach einem Vorwand, um abzuhauen. Währenddessen zeigt er auf eine Seite. „Hey, das ist interessant!"

„Was denn?", frage ich und versuche, mir die Panik nicht anmerken zu lassen.

„Laut dieser Stelle hier kann die erste Art von Geist – mit der gefangenen Energie – ewig bleiben. Sie machen dann in Endlosschleife immer dieselben Sachen. Die zweite Art, also die Geister, die dir etwas mitteilen wollen, bleiben hingegen nicht ewig. Sie werden vom Jenseits angezogen, zwingen sich aber, noch nicht zu gehen, um zu erledigen, was auch immer sie erledigen wollen. Je länger sie bleiben, desto stärker werden sie zwischen dieser und der nächsten Welt ... hin- und hergezogen, oder so ähnlich."

Oh nein. Ich habe unfassbar viele Fragen, aber wenn ich jetzt zu besorgt klinge, wird Griffin sich bestimmt wundern. Wie viel Zeit bleibt mir noch? Was passiert, wenn Onkel Roderick hier festsitzt? Oder wenn er fortgerissen wird, bevor ich den Grund für seine Rastlosigkeit herausgefunden habe?

„Die Bibliothek schließt in zehn Minuten!", ruft Mrs Goldman, und ich zucke zusammen. Ist es etwa schon kurz vor achtzehn Uhr? Hoffentlich macht Mum sich keine Sorgen.

Griffin zieht ein Handy aus seiner Tasche und schaut darauf. „Meine Mutter wartet draußen. Aber ich will erst noch dieses Buch ausleihen!“ Mist, das war das einzige, was mich wirklich interessiert hat. Ich brauche es dringender als er. „Ich helfe dir noch beim Aufräumen“, fährt er fort, „Mum macht es bestimmt nichts aus, noch einen Moment zu warten. Schließlich wollte sie, dass ich neue Freunde finde.“

In meiner Brust fängt es an zu kribbeln. Wer ist dieser Junge, der solche Sachen sagt? Der einfach davon ausgeht, dass jemand sein Freund sein will? Schließt man so Freundschaften? Indem man davon ausgeht, dass das schon funktionieren wird? Ich versuche zu lächeln und dabei nicht völlig verblüfft, sondern ganz normal und freundlich auszusehen. „Das brauchst du nicht!“, sage ich. „Ich habe die Bücher geholt, also kann ich sie auch wieder zurückstellen. Aber vielleicht treffen wir uns mal. Wir könnten etwas zusammen machen. Oder so.“ Wir könnten etwas zusammen machen oder so. Fantastisch, Mücke.

Er lächelt. „Cool. Soll ich dir meine Nummer geben?“

Mist. „Ich habe kein Telefon. Also, zu Hause haben wir ein Telefon. Aber ich habe kein Handy. Vielleicht bekomme ich eins, bevor die neue Schule losgeht.“ Das stimmt wahrscheinlich gar nicht, aber möglich wäre es. Hält er mich jetzt für irgendeinen altmodischen Hinterwäldler? Schätzungsweise bin ich ein altmodischer Hinterwäldler, aber das braucht er ja nicht sofort zu wissen.

„Kein Problem, ich schreib sie dir auf“, sagt er, als wäre das keine große Sache. Während Mrs Goldman ihm das Buch ausleiht, schnappt er sich ein Stück Papier und einen Bleistift, schreibt seinen Namen und seine Telefonnummer auf und winkt zum Abschied.

Also ... Das war unerwartet, aber schön. Ich falte den Zettel zusammen und stecke ihn in meine Tasche. Dann staple ich die Bücher aufeinander und bringe sie zurück zu den Regalen. Während ich eins nach dem anderen wegräume, lausche ich, wie die Buchdeckel aneinanderreiben. Als ich aus dem Gang herauskomme, höre ich hinter mir einen lauten Schlag. Ich drehe mich um. Eins der Bücher, das ich gerade zurückgestellt habe, liegt auf dem Boden.

Jenes, in dem stand, dass Geister Nachrichten übermitteln wollen. Und dass sie nur spuken, um etwas mitzuteilen. Ich weiß sicher, dass ich es ordentlich in das Regal gestellt habe. Unmöglich, dass es von allein herausgefallen ist. „Okay, okay“, sage ich laut. „Ich hab’s kapiert.“ Als ich das Buch wieder hinstelle, bleibt es an seinem Platz. Ausleihen brauche ich es nicht, denn ich weiß bereits, was es mir sagen möchte.

Das ist keine der normalen Trauerphasen. Ich muss herausbekommen, was Onkel Roderick von mir will.

Elf

Am nächsten Tag radle ich zu Moira. Letzte Nacht habe ich nichts Schlimmes geträumt, jedenfalls kann ich mich an nichts erinnern. Ich scheine auf dem richtigen Weg zu sein.

Griffins Nummer steckt noch immer in der Tasche meiner Shorts. Bestimmt gibt es irgendeine Regel, die besagt, wie lange ich warten muss, bevor ich ihn anrufe, die ich aber nicht kenne. Moira kennt sie garantiert. Wahrscheinlich sollte ich ihr erzählen, dass ich den Jungen von dem alten Baumler-Haus getroffen habe, doch das möchte ich nicht, weil sie dann vermutlich so tun würde, als wäre er mein zukünftiger Freund, oder ihrer, und eigentlich möchte ich mir über so was überhaupt keine Gedanken machen.

So denke ich nicht über Jungen. Wenn ich ehrlich bin, denke ich fast nie über Jungen nach. Es ist schon schwer genug, herauszufinden, wie ich ein richtiges Mädchen sein soll, aber natürlich habe ich mich gefragt, ob ich vielleicht besser mit Jungs zurechtkäme. Ein paar der tafferen Mädchen hängen in der Schule gemeinsam mit einigen Jungs ab. Aber die spielen in der Pause immer Fußball und schubsen sich gegenseitig, und ich hasse Sport. Und eine andere Gruppe Jungs und Mädchen beschäftigt sich in ihrer Freizeit ständig mit irgendeinem komplizierten Spiel, in dem es um Drachen und Zauberer geht und das eine Menge Regeln hat, was mich auch nicht interessiert. Deshalb lese ich in meiner Freizeit lieber.

Trotzdem weiß ich, dass Moira gern von der Sache mit Griffin erfahren würde, aber jetzt ist nicht der richtige Zeitpunkt. Wir müssen uns konzentrieren.

Als ich bei ihr ankomme, wartet sie schon auf der Veranda. Wahrscheinlich sollten wir uns lieber daran gewöhnen, nicht zusammen abzuhängen, aber ich brauche ihre Hilfe.

Während ich meinen Rucksack absetze, ziehe ich eine dünne, schmale schwarze Schachtel heraus, auf deren Seite in glitzerndem Gold die Buchstaben ‚O-U-I-J-A' eingeprägt sind. Damit haben wir schon früher versucht, Kontakt zu Geistern aufzunehmen, und wollten ihre Großmutter, meinen Vater, Abraham Lincoln oder Judy Garland anrufen. Ich habe Moira am Telefon erzählt, dass ich mit Onkel Roderick in Kontakt treten möchte. Den Grund dafür habe ich ihr aber nicht verraten. Das brauchte ich gar nicht, denn warum sollte ich nicht mit ihm sprechen wollen? Früher kam dabei normalerweise nur irgendein Quatsch heraus, und meistens ergaben die Worte überhaupt keinen Sinn. Aber dieses Mal wird es funktionieren. Das muss es einfach.

Wir setzen uns im Schneidersitz auf die Veranda. Mir läuft ein Schauer über den Rücken. Bisher habe ich das immer für ein harmloses Spiel gehalten, eine gute Möglichkeit, um sich etwas zu gruseln, aber nicht gedacht, dass es wirklich echt ist. Doch in einem der Bücher gestern stand, Ouija-Bretter können gefährlich sein. Sie können dir Zugang zu anderen Welten verschaffen und Geisterwesen in unsere hineinlassen. Auch wenn ich nicht einschätzen kann, wie Moira reagieren wird, wenn wir wirklich eine Botschaft von Onkel Roderick erhalten, habe ich sie gebeten, mir zu helfen. In dem Buch stand schließlich, dass es zu einem der gefährlichsten Dinge gehört, ein Ouija-Brett allein zu benutzen. Man braucht eine zweite Person, um einen Schutzkreis zu bilden. Oder so etwas Ähnliches. Ehrlich gesagt habe ich danach aufgehört, weiterzulesen, weil ich zu viel Angst bekam. Ich hoffe jetzt einfach mal, dass alles gut gehen wird.

Moira kneift konzentriert die Augen zusammen, mit hochgezogenen Schultern beugt sie sich nach vorne. Wir haben beide einen Arm ausgestreckt, und unsere Fingerspitzen berühren vorsichtig die leichte, blasse Planchette, die in der Mitte des Brettes zwischen den Buchstaben steht. (Dass dieses Teil Planchette heißt, weiß ich erst, seitdem ich in der Bücherei über Ouija-Bretter gelesen habe. Ehrlich gesagt bin ich mir nicht sicher, was das Wort ‚Planchette' bedeutet. ‚Kleines Plastikteil' wird es schätzungsweise wohl nicht heißen.)

Ich sitze so ruhig wie möglich da, bin furchtbar angespannt und gleichzeitig bereit. Und dann bewegt sich die Planchette zu den einzelnen Buchstaben.

„S…Q…T…N…I…L…M", buchstabiert Moira langsam, während die Planchette bei den Buchstaben hält. „Sqtnilm? Was ist ein Sqtnilm? Vielleicht Obst? So was wie eine Kumquat?"

„Ich habe keine Ahnung. Wahrscheinlich hast du das Teil bewegt, und es war gar kein Geist", erwidere ich.

„Nein, habe ich nicht! Du aber!"

„Vielleicht ja wir beide", räume ich ein und versuche, mir meine Enttäuschung nicht allzu sehr anmerken zu lassen. „Versuchen wir es noch einmal."

Ich atme tief ein und aus, damit sich mein pochendes Herz beruhigt. Als sich die Planchette bewegt hat, war ich ganz aufgeregt, aber nachdem ein blödsinniger Buchstabe dem anderen folgte, verwandelten sich die Schmetterlinge in meinem Bauch zu Libellen. Oder anderen Insekten, die ungestüm und schnell fliegen. Moira versucht, gleichzeitig mit mir zu atmen, muss aber immer wieder kichern. Erst als ich sie böse anfunkle, beherrscht sie sich allmählich.

„Schon gut. Schon gut. Entschuldige. Lass es uns noch einmal probieren."

Tief durchatmen. Ich schließe die Augen. Sanfter Sommerwind streicht über meine Wangen. Eine Schweißperle läuft meine Stirn hinab, meine Haare sind verschwitzt, und mein Pferdeschwanz klebt in meinem Nacken. Kurz nehme ich meine Hand von der Planchette und ziehe an meinem Pferdeschwanz. *Sprich mit mir*, flehe ich stumm. *Bitte!*

Weder ich bewege die Planchette. Noch Moira. Oder sonst etwas. Sie liegt regungslos auf dem Brett. Mausetot, denke ich, als hinter meinen geschlossenen Augenlidern plötzlich ein Licht explodiert. Gleichzeitig kracht es ohrenbetäubend. Ich schreie erschrocken.

„Ein Gewitter!", brüllt Moira und springt auf. Während wir mit geschlossenen Augen auf der Veranda saßen, hat sich der blaue Himmel grau-orange verfärbt und seine Schleusen geöffnet. Vom Verandadach prallen die Regentropfen wie Kugeln ab. Die Planchette ist zur Seite gekippt, wahrscheinlich, weil wir sie versehentlich umgestoßen haben.

Moira rennt nach hinten in den Garten. Sie liebt heftige Unwetter, hat sie schon immer. Ich hingegen hasse es, wenn die regennassen Klamotten dann an meinem Rücken und den Armen herabhängen und der Hosenbund ganz eng und kratzig wird. Am liebsten wäre ich auch so unbekümmert wie Moira und würde gern zu ihr rennen, mich abkühlen und so frei und lebendig fühlen, wie sie gerade aussieht, als sie sich mit ausgestreckten Armen im Kreis dreht. Aber ich habe keine Kleidung zum Wechseln dabei und möchte nichts von ihr anziehen. Deshalb strecke ich nur meine nackten Füße und Beine nach draußen und lasse sie nass regnen. Das reicht. Das muss reichen.

Aber Moira reicht das nicht. „Komm schon, Mücke!“, ruft sie. Ich schüttle den Kopf, doch sie saust zur Veranda, zieht mich an den Händen hoch und hinter sich her. Sofort bin ich bis auf die Knochen durchweicht. Ich ziehe die Schultern hoch und zittere. Mein Shirt drückt wie eine dieser Bleiwesten, die man beim Zahnarzt anziehen muss, wenn man geröntgt wird, gegen mich. Aber noch nässer kann ich nicht mehr werden. Und es auch nicht mehr schlimmer. Daher lasse ich zu, dass Moira meine Hände packt und sich mit mir im Kreis dreht. Ein Teil ihrer Freude springt auf mich über, und es dauert nicht lange, bis ich lächle. Als wir uns schneller und schneller unter dem bedrohlichen Himmel drehen, lache ich sogar. Das gerade ist wie einer dieser Momente, als wir noch klein waren und uns ausnahmsweise mal nicht gestritten haben, und plötzlich wünsche ich mir, dass unsere komplette Freundschaft so leicht und unbeschwert wie dieser Augenblick sein könnte.

Wie die meisten Unwetter Ende Juli hört auch dieses so plötzlich auf, wie es begonnen hat. Als wir triefend zur Veranda zurücklaufen, blitzt die Sonne bereits wieder durch die Wolken und zaubert glitzernde kleine Regenbögen ins Gras.

„Das war schön“, sagt sie. „Danke, dass du mit mir in den Regen gegangen bist. Das war eine gute Abkühlung!“

„Und eine nasse“, erwidere ich und schüttle mich wie ein Hund.

„Gelohnt hat es sich trotzdem“, sagt sie. Sie wringt das Wasser aus ihrem Sommerkleid, stampft mit den Füßen auf und geht nach drinnen. Ich tue dasselbe, nur lässt sich eine Jeans nicht so leicht auswringen. Moiras Eltern sind beide unterwegs, daher ermahnt uns niemand, das schicke Haus nicht vollzutropfen. Wir gehen direkt in ihr Zimmer, wo sie sofort das Kleid auszieht, bevor sie sich ein neues aus dem Schrank holt. Ich wende schnell meinen Blick ab und betrachte intensiv ihr Bücherregal, obwohl das seit Jahren unverändert ist. Bisher haben wir uns immer voreinander ausgezogen, bei Pyjamapartys, zum Beispiel, oder wenn wir am See waren, aber jetzt ist das etwas anderes. Ich dachte, das gehört zum Älterwerden dazu, aber Moira scheint das nichts auszumachen. Vielleicht ist das ja wieder so eine seltsame Sache an mir, ein weiterer Schritt beim Älterwerden, den ich noch nicht begriffen habe.

„Hier“, ruft sie und wirft mir im selben Moment ein Kleid zu. Es landet in meinem Gesicht, doch ich bekomme es zu fassen, bevor es runterfällt.

„Danke“, antworte ich. Ich würde sie gerne fragen, ob sie mir anstelle des Kleides eine Shorts und ein T-Shirt geben kann. Aber ich sage lieber nichts. Eigentlich ist das doch egal, oder?

Ich ziehe meine Shorts und mein Shirt aus. Sie sind feucht und kalt. Als ich in das Kleid schlüpfe, passt es perfekt. Es schmiegt sich ein wenig an die Taille an und fällt locker über Hüfte und Oberschenkel. Auf dem hellblauen Stoff sind gelbe Tupfen. Ein hübsches Kleid, denke ich. Das kannte ich noch gar nicht; wahrscheinlich war Moira zu Beginn des Sommers mit ihrer Mutter einkaufen.

Es ist sehr bequem. Wenn ich ehrlich bin, sogar bequemer als meine sonstigen Outfits. Weicher und an der Taille nicht zu einengend. Bestimmt ist es auch viel luftiger, sodass man damit besser auf Bäume klettern kann.

„Du siehst gut aus", sagt Moira. Als ich zu ihr schaue, sieht sie mich anerkennend an. „Es passt perfekt. Du solltest so etwas öfter tragen. Wenn du möchtest, können wir irgendwann zusammen ins Einkaufszentrum gehen, eine unserer Mütter würde uns bestimmt fahren. Und ich könnte dir beim Aussuchen helfen."

„Danke", sage ich, auch wenn ich mir nicht sicher bin, ob ich das will. Vom Hals abwärts sehe ich wie eine komplett andere Person aus. Wie ein echtes Mädchen. Aber mein Kopf fühlt sich noch genauso an wie vorher, nach mir. Mein Kopf, der über dem Körper eines Mädchens schwebt. So fühlt sich das immer an, weil, ich bin ja ein Mädchen. Logischerweise schwebt mein Kopf also immer über dem Körper eines Mädchens. Ich muss ständig an mir runterschauen und komme mir wie eine dieser Anziehpuppen aus Papier vor, an der ein ausgeschnittenes blaues Kleid mit Papierlaschen festgeklebt wurde. Oder wie eine Dragqueen ohne Perücke und Make-up. Es sieht wirklich gut aus, trotzdem bekomme ich Bauchschmerzen. Nicht ganz so wie mit den Libellen. Auch nicht, als läge ein Stein in meinem Bauch. Eher, als hätte ich meine Fahrradkette verschluckt. Sie ist ölig und kalt und steigt mir die Kehle hoch. Ich schaudere.

„Hast du Lust auf einen Film?", fragt Moira. Ich zucke mit den Schultern, vielleicht nicke ich auch oder mache sonst etwas, auf jeden Fall gehen wir in die Küche, um uns erst einmal etwas zu essen zu holen.

„Es tut mir leid, dass wir nichts von deinem Onkel gehört haben“, sagt sie, während sie mit dem Kopf in der Speisekammer steckt. Gut verstehen kann ich sie trotzdem.

Ich öffne den Kühlschrank, schaue ins Gemüsefach und finde Babykarotten. Die sind prima. „Schon okay“, erwidere ich. Was soll man auch sonst sagen, wenn jemand erklärt, dass ihm etwas leidtut?

„Was ...“ Sie zögert einen Moment, als wäre sie unsicher, ob sie fragen soll, aber dann fährt sie fort. „Was wolltest du eigentlich von ihm wissen?“ Sie nimmt eine Packung Trockenfrüchte und Nüsse. Wir essen beide nicht besonders gerne Popcorn, was man normalerweise isst, wenn man Filme schaut.

„Ich weiß nicht“, antworte ich wahrheitsgemäß. Ich habe keine Ahnung, was er mir mitteilen möchte. Aber Moira schweigt, als warte sie, dass ich noch mehr sage. Es scheint, als müsse ich weiterreden. „Vielleicht ... vielleicht, dass es ihm gut geht. Dass er keine Schmerzen mehr hat und glücklich ist, wo auch immer er jetzt ist. Und dass wir aufhören können, traurig zu sein.“

Moira tritt neben mich, nimmt zwei Flaschen Limonade und drückt mir eine in die Hand. „Das könnte durchaus stimmen“, sagt sie leise. Sie schaut mich nicht an, ist aber ganz behutsam: „Ganz egal, ob er dir das sagt oder nicht.“

Ich wünschte, das wäre wahr, aber ich weiß, dass das nicht stimmt. Noch nicht. Meine Augen kribbeln, doch ich werde vor Moira nicht weinen. Vor allem nicht in diesem Kleid. „Ich weiß“, lüge ich in einem Flüstern. „Nur wäre es trotzdem schön, das zu hören.“

Moira drückt kurz meine Schulter, und wir tragen die Sachen aus der Küche ins Wohnzimmer. Sie sucht einen Film aus und fragt mich, ob ich ihn anschauen will. Auch wenn ich nicht wirklich zugehört habe, sage ich Ja. Den Titel bekomme ich nicht mit, und der Geschichte kann ich auch nicht wirklich folgen, außerdem schaut Moira immer wieder zu mir, als würde sie gern weiter mit mir über meinen Onkel sprechen, doch ich kann nicht. Sobald der Film zu Ende ist, breche ich auf.

Zwölf

Als ich mich mit dem Fahrrad auf den Heimweg mache, trage ich noch immer Moiras Kleid. Sie meinte, dass ich es behalten dürfe. „Die Farbe passt besser zu deinem Hautton als zu meinem“, sagte sie und erklärte mir dann, was es mit Grundtönen sowie warmen und kalten Farben auf sich hat, wie mein Teint im Verhältnis zu ihrem aussieht und was Farbtypen sind. Welcher Farbtyp ich sein soll, habe ich vergessen. Ich überlege, ob das Kleid wohl teuer war. Hätte Mum es sich leisten können und sparen wir Geld, wenn ich es behalte, weil ich dann nichts Neues brauche? Der Rucksack mit meinen nassen Sachen und dem Ouija-Brett stößt gegen meine Schulterblätter, als würde dieses wieder und wieder ‚Hallo‘ sagen.

Mit einem Kleid Fahrrad zu fahren, ist angenehmer, als ich dachte. Es lässt sich bequem am Sattel festklemmen, sodass meine Beine Bewegungsfreiheit haben. Der Fahrtwind streift kühl an ihnen vorbei. Jedes Mal, wenn ich an mir herabschaue, denke ich, da ist ein Mädchen, das auf einem Fahrrad fährt. Das Mädchen bin ich. Ich bin ein Mädchen, das Fahrrad fährt.

Wenn ich meine eigenen, normalen Klamotten anhabe, konzentriere ich mich auf die Straße oder auf mein Ziel oder hänge tausend verschiedenen Gedanken nach, aber das jetzt ist anders. Es fühlt sich an, als würde ich unfassbar schnell bergab rasen, obwohl das Stück gerade ziemlich flach ist. In meinem Bauch liegt noch immer eine zusammengerollte Fahrradkette, und allmählich frage ich mich, ob ich etwas Falsches gegessen habe. Das kann jedoch nicht sein, denn während des Films habe ich nur an ein paar Babykarotten genagt. Also beschließe ich, das Gefühl einfach zu ignorieren, bis es von allein verschwindet.

Ich bin wegen der misslungenen Ouija-Sitzung noch immer ziemlich enttäuscht und wüsste gerne, wie lange Onkel Roderick wohl noch mit uns kommunizieren kann. Das Buch, das Griffin sich ausgeliehen hat, würde mir das bestimmt verraten. Und dann fällt mir ein, dass er mir seine Nummer gegeben hat, aber ich weiß ja auch, wo er wohnt. Die Baumler-Farm liegt nicht direkt auf meinem Nachhauseweg, aber ein Riesenumweg ist es auch nicht. Jedenfalls nicht mit dem Fahrrad. Also biege ich an der Stelle, an der ich normalerweise rechts abbiege, nach links ab und rase zu seinem Haus, während das blau-gelbe Kleid um mich herumflattert.

Auf dem Weg überlege ich, was ich sagen soll. Ich werde auf der Veranda stehen und in meinem Kleid irgendwie größer und schöner wirken. Meine Haare sind zwar noch ein bisschen nass, doch dadurch sehen sie dunkler aus und glänzen. „Ich dachte, ich schaue mal vorbei“, werde ich leichthin sagen, dann darüber reden, wie interessant das Buch klang, und schließlich fragen, ob ich es mir eine Weile ausleihen darf. Er wird so nett und beeindruckt von mir sein, dass er es mir gibt und ich alles herausfinden kann. Außerdem wird Griffin mich für ein Mädchen halten, das die perfekte Mischung aus cool, hübsch und geheimnisvoll ist.

Diese Szene spielt sich in meinem Kopf ab, während ich bei seinem Haus ankomme und vom Fahrrad absteige. Dabei bleibe ich mit dem Kleid am Sattel hängen und falle beinahe auf den Rasen, kann mich aber noch rechtzeitig befreien. Ich klingle und höre Schritte näher kommen. Als sich die Tür öffnet, steht Griffin genauso perfekt gekleidet wie gestern vor mir, und ich stoße meine einstudierte Eröffnungsrede in einem Schwall aus.

„Ich wollte mal kurz vorbeikommen“, erkläre ich, „wegen des interessanten Buchs? Von gestern, und klar, du hast mir deine Telefonnummer gegeben, aber ich weiß ja, wo du wohnst, also, ich weiß nicht genau, wo dein Zimmer ist, aber ... Ich meine, ich weiß, dass du in dieses Haus gezogen bist, und auch, wo dieses Haus steht, und –“

Er lächelt und guckt mich ein wenig verwirrt an. Das läuft hier gerade alles ganz falsch. Dann schaut er auf mein Kleid, und plötzlich wird mir klar, wie schick ich aussehen muss und wie unangemessen es für diesen Besuch ist, so als würde ich mit einem Ballkleid auf der Kirmes auftauchen, und die Fahrradkette in meinem Bauch windet sich wie eine Schlange, die jeden Moment zubeißen will, um sich selbst.

„Möchtest du hereinkommen?“, fragt er.

Ich hole tief Luft und versuche, noch einmal neu anzufangen. Ignoriere alles andere, sage ich mir und finde die richtigen Worte. „Entschuldige. Eigentlich wollte ich nur sagen, dass ich kurz vorbeigekommen bin, weil ich das Buch, das du gestern ausgeliehen hast, spannend finde. Würdest du es mir eine Weile borgen? Ich gehe sehr verantwortungsvoll mit Bibliotheksbüchern um, versprochen, und falls doch irgendetwas passieren sollte, erkläre ich das Mrs Goldman, die kennt mich schon, seitdem ich klein bin.“ Na bitte, das klingt normal. Und nach einer Person, mit der er befreundet sein will.

„Oh!“, sagt er. „Klar! Ich hole es schnell, aber möchtest du nicht trotzdem hereinkommen?“

Ich denke an all die falschen Dinge, die ich sagen könnte, und wie ich dabei auf dem Sofa sitze, das Kleid brav und ordentlich über meinen Knien glatt streiche, und mir wird ganz schlecht. „Ich muss wieder los“, sage ich hastig. „Meine Mutter kommt bald nach Hause und macht sich bestimmt Sorgen, wenn ich noch nicht zurück bin.“

Das scheint einleuchtend zu klingen, denn er verschwindet kurz nach drinnen und trottet mit dem Buch zurück. „Komm ruhig bald wieder vorbei, dann können wir darüber reden!“, sagt er.

„Klar“, antworte ich und stecke es in meinen Rucksack. Über seine Einladung bin ich ein wenig schockiert, aber vielleicht hat er das bloß aus Höflichkeit gesagt. „Was ich vorhin damit meinte, dass ich wüsste, wo du wohnst, war ... Also, wir haben einfach mitbekommen, dass eine neue Familie auf die Baumler-Farm gezogen ist. Und natürlich weiß ich, wo das Baumler-Haus steht, ich kenne die meisten Häuser hier. Deshalb war mir einfach klar, wo du wohnst, obwohl du mir nicht deine Adresse gegeben hast. Ich habe dir nicht nachspioniert oder so.“

Als er grinst, beruhigt sich mein Magen ein wenig. „Das dachte ich mir!“, sagt er. „Seit wir hierhergezogen sind, bringen uns die Leute immer mit der Baumler-Farm in Verbindung. Ich glaube, alle hier kennen meine Adresse. Wie lange es wohl dauert, bis sie es ‚Rivera-Farm‘ nennen?“

„Vielleicht, wenn eure Familie zweihundert Jahre in diesem Haus lebt“, erkläre ich ihm. „So ist das hier.“

„Ich mag Herausforderungen“, sagt er, und dann lachen wir beide, und ich verabschiede mich.

Auf dem Nachhauseweg versuche ich, nicht daran zu denken, wie ich in einem Kleid aussehe. Stattdessen gehe ich in Gedanken unsere Unterhaltung durch, als wäre jeder Teil davon, mein anfänglicher Wortschwall, die Klärung und unsere nette Verabschiedung, Formeln eines Zauberspruches, der mich in eine Person verwandelt, die sich erfolgreich mit einem neuen Freund unterhält. Den Zauberspruch kann ich allerdings nur bei jemandem anwenden, der mich noch nicht kennt und mich nicht mit meinem seltsamen, unberechenbaren Verhalten als Mücke vergleicht. In Moiras Augen kann ich mich nicht großartig verändern; sie kennt mich schon zu lange. Aber jetzt keimt ein wenig Hoffnung in mir auf. Womöglich hat sie recht, und in der neuen Schule kann es anders werden. Ich kann anders werden.

Als ich nach Hause komme, ist Mum nicht da. Zum Glück. Ich möchte nicht, dass sie mich so sieht. Vielleicht würde sie mir dann erzählen, wie hübsch ich aussehe, und das macht mich nervös. Zwar habe ich Moira gesagt, wir könnten irgendwann mal zusammen einkaufen gehen, doch wirklich entschieden, ob ich so auf der neuen Schule herumlaufen will, habe ich mich noch nicht. Zuerst dachte ich noch, warum nicht? Aber was, wenn ich mich dann tausendmal am Tag so seltsam fühle wie bei Griffin? Ich muss das ja jetzt noch nicht entscheiden, allerdings fängt die Schule schon in knapp einem Monat an. Während ich gegen die Tür drücke, finde ich sie schwerer als sonst. Als wollte sie mich nicht hereinlassen.

In vielen Büchern ist eine Botschaft versteckt, die besagt, dass du dir treu bleiben sollst und es keine Rolle spielt, wenn du anders bist. Dass es am wichtigsten ist, du selbst zu sein, und nicht, dich wie alle anderen zu verhalten. Aber diese Bücher verraten nie, wie das geht. Sie nehmen einfach an, dass du das bereits weißt und dich nur für eine Weile als jemand anderes ausgegeben hast, um dazuzugehören.

Ich weiß aber nicht, wer ich bin. Vielleicht geht das ja allen so. Und niemand weiß genau, wer er oder sie ist. Wahrscheinlich muss ich einfach unterschiedliche Identitäten ausprobieren, bis ich eine finde, die zu mir passt.

Vielleicht wachse ich in die Identität ‚Mädchen-in-einem-Kleid' ja hinein, wenn ich mich erst einmal daran gewöhnt habe. Normalerweise zieht Mum sich nicht besonders schick an, doch ich glaube, sie würde es tun, wenn sie die Gelegenheit dazu hätte. Ich wette, sie wünscht sich eine Tochter, mit der sie sich zusammen schick machen kann. Onkel Roderick mochte hübsche Kleider total gern und hatte eine ganze Menge davon. Wir hätten uns zusammen herausputzen können, beide als Dragqueens. Na ja, er als Dragqueen und ich als ... einfach als Mädchen. Ich wette, er hätte mich in Kleidern geliebt!

Die paar Minuten, die ich bei Griffin war, haben sich angefühlt, als würde ich üben, eine bessere Version von mir selbst zu werden. Das ist anstrengend, aber wenn ich genug übe, ist es vielleicht irgendwann ganz selbstverständlich. Vielleicht muss ich das dann eines Tages gar nicht mehr üben, und es wird zu etwas, das ich einfach bin. Vielleicht bedeutet das, erwachsen zu werden? Übung macht schließlich den Meister.

Im Haus lasse ich den Rucksack neben der Haustür fallen und streife meine Schuhe ab. Ich nehme die Tüte mit den nassen Klamotten, bringe sie ins Bad und lege mein Shirt und die Shorts über den Rand der Badewanne. Dann drehe ich mich langsam zum

Spiegel, vermeide aber, mein Gesicht anzuschauen. Ich blicke auf die Haut, die sich vom Ausschnitt des Kleides bis zum Schlüsselbein erstreckt. Das ähnelt den jungen Frauen in Moiras Zeitschriften, und mein Magen verkrampft sich. Als ich meinen Rucksack holen will, ist der umgekippt, und das Ouija-Brett liegt daneben.

Ich starre es eine Weile an. Ich weiß hundertprozentig, dass ich den Reißverschluss fast komplett zugezogen habe, nachdem ich die Plastiktüte mit meiner Kleidung herausgenommen habe. Gut möglich, dass mein Rucksack von allein umgekippt ist, aber die Schachtel mit dem Brett ist bestimmt nicht von allein herausgerutscht.

„Ja, ja, ich hab's kapiert", sage ich laut. Falls Onkel Roderick mich beobachtet. Vermutlich möchte er, dass ich das Ouija-Brett allein benutze. Bei der Vorstellung kriecht mir die Angst über den Rücken, doch ich schüttle das Gefühl ab. Die Neugier ist stärker als meine Furcht, obwohl sich beides manchmal ziemlich ähnlich anfühlt. Ich nehme das Brett mit in mein Zimmer, und vielleicht bilde ich mir das ja nur ein, aber ich habe den Eindruck, als würde es in meinen Händen vibrieren.

Das blau-gelbe Kleid liegt über meinen Knien. Ich sitze wie schon bei Moira im Schneidersitz vor dem Brett und lege die Planchette darauf. Genau mittig auf das Wort ‚Ouija', was auch immer das heißen mag. Meine Fingerspitze ruht so leicht wie möglich auf der Planchette, ich schließe die Augen und atme tief ein. Kurz denke ich an die Warnungen, ein Ouija-Brett auf keinen Fall allein zu benutzen, verwerfe sie aber schnell. Mein Onkel wird mich beschützen.

Noch bevor ich ausatme, bewegt sich die Planchette, und ich reiße meine Augen auf. Das ist überhaupt nicht mit den schwachen Bewegungen vergleichbar, die ich bisher gespürt habe, wenn Moira und ich das Brett ausgepackt hatten. Wir taten zwar immer so, als würde sich das Teil von allein bewegen, doch mir war klar, dass wir es wegen des Nervenkitzels unbewusst verrückten.

Aber das jetzt fühlt sich echt an. Die Planchette zieht, schiebt und führt und bewegt sich gezielt von Buchstabe zu Buchstabe. Wenn ich nur ein kleines bisschen mit dem Zeigefinger zucken würde, würde ich damit garantiert eine Hand streifen, die neben meiner liegt. Also tue ich es nicht. Ich bin erstarrt, meine Hände sind wie gelähmt und werden wie ein Fisch an einer Angel herumgezogen.

Zu spät wird mir klar, dass ich gar nicht auf die Reihenfolge der Buchstaben, zu denen sich die Planchette bewegt, geachtet habe. Mit Moira zusammen hat sich die Planchette immer so langsam bewegt, dass wir die Buchstaben gut verfolgen, aufschreiben und uns später Gedanken machen konnten, wo ein Wort anfängt und aufhört. Wenn wir überhaupt so viel Glück hatten und sich Wörter ergaben. Normalerweise stellen wir dabei Fragen, sodass es einen Kontext für die Antworten gibt. Aber jetzt habe ich noch keine Frage gestellt, und das Plastikdreieck saust so schnell von Buchstabe zu Buchstabe, dass ich die Wörter nicht entziffern kann und nicht weiß, was es mir sagen will.

„Langsam!“, rufe ich, und die Planchette bleibt sofort stehen. Ich atme schwer, und mein Herz schlägt schneller, als wenn ich mit dem Rad bergauf rase.

Okay, Mücke. Du schaffst das. Immer eins nach dem anderen. „Bist du das, Onkel Roderick?“

Die Planchette schießt auf „Ja“, und plötzlich fühle ich mich ganz leicht. Ich bin so glücklich, dass ich zur Decke fliegen könnte. Ich möchte ihm sagen, dass ich ihn liebe und ihn vermisse. Und dass ohne ihn nichts mehr ist wie früher. Aber das weiß er bestimmt alles.

„Gibt es irgendetwas, was du mir mitteilen willst?“ Mir war gar nicht bewusst, dass ich kurz davor bin zu weinen, aber meine Stimme klingt tränenerstickt. Ich schlucke den Kloß in meinem Hals herunter.

Die Planchette bleibt auf „Ja“ stehen, vielleicht zittert sie ein klein wenig.

„Und was?“ Erst in dem Moment überlege ich, dass ich das vielleicht gar nicht wissen will. Wenn er es mir sagt, bedeutet das, er hat hier alles erledigt. Und wird dann für immer gehen. Als die Planchette sich wieder bewegt, diesmal langsamer, kneife ich zuerst die Augen zusammen, um es nicht zu sehen, aber letztendlich muss ich ja Bescheid wissen. Und ich will nicht der Grund sein, weshalb er keinen Frieden findet. Also schaue ich hin.

„S…E…I…D…“ Seid? Was sollen wir sein?

„U“. Für was steht denn das U? Und?

„S…E…L…B…S…T.“

Seid u selbst?

„Was soll das heißen?“, frage ich.

Die elf Buchstaben wiederholen sich wieder. „Seid u selbst? Da fehlt doch was. Seid nun selbständig? Ist es das, was du mir sagen möchtest?“

Und abermals wiederholen sich die Buchstaben. Vielleicht ein bisschen nachdrücklicher. Er will, dass ich ihn verstehe, aber das tue ich nicht, noch nicht.

„Willst du uns Mut machen, dass wir durchhalten, obwohl du uns verlassen hast?“ Bei dem Wort ‚verlassen‘ bricht meine Stimme. Mir laufen ein paar Tränen die Wangen hinab. „Das ist in Ordnung, Onkel Roderick. Wir wissen, dass du das nicht wolltest. Es ist nicht deine Schuld.“ Er hat alles getan, was in seiner Macht stand, um bei uns zu bleiben. Monatelang wurde er immer wieder mit neuen Medikamenten behandelt, und nach vielen Höhen und Tiefen haben wir ihm in seinen letzten Tagen versichert, dass es in Ordnung ist, wenn er loslässt, geht und seinen Frieden findet.

Die Planchette schießt zu „Nein“. Dann bewegt sie sich wieder. Diesmal langsamer. Und schwächer. Als würde die unsichtbare Hand ermüden.

„W...E...R...“

„B...I...S...T...“

„D...U...“

„Wer bist du?“

„Ich bin's, Onkel Roderick. Mücke.“ In den Bibliotheksbüchern stand, dass Geister häufig verwirrt sind, besonders die von erst kürzlich Verstorbenen. Deshalb greifen sie auf Poltern und Krachen zurück, weil das eine einfache Art ist, sich bemerkbar zu machen, und keiner präzisen Formulierung bedarf. Doch jetzt bin ich ein wenig besorgt. Erkennt er mich nicht mehr?

„Ich bin's“, wiederhole ich. „Deine Nichte. Mücke.“

Die Planchette schießt wieder auf „Nein“. Aber es fühlt sich nicht so an, als würde er mir widersprechen, sondern wollen, dass ich es noch einmal versuche. Jetzt kriecht die Planchette so langsam übers Brett wie bei den Malen, als ich sie unbewusst lenkte.

„S...E...I...“ Die Planchette rührt sich nicht. Ich warte, dass es weitergeht. Überlegt er, wie er es formulieren soll? Dann rückt sie zu „D“ und „U“.

„Du“, lese ich. Die Planchette dreht sich langsam im Kreis. Dann kapiere ich es endlich. „Oh! Sei du? Ist es das, was du mir sagen möchtest?“

Die Planchette schleicht langsamer als eine Schnecke zu dem „Ja“ und bleibt stehen. Ich spüre, wie die unsichtbare Hand verschwindet und die Planchette unter meinen Fingern leicht zittert. Womöglich ist Onkel Roderick noch da, aber zu müde, um weiter mit mir zu kommunizieren. In einem der Bücher stand, die Geisterwesen verbrauchen eine Menge ihrer Kraft, um mit unserer Welt zu interagieren, vermutlich ist Onkel Roderick erschöpft. Ich schnappe mir einen Stift und Papier und schreibe alles auf, an was ich mich erinnere. Hätte ich doch bloß von Anfang an besser aufgepasst. So schreibe ich lediglich „Seid u selbst“, „Wer bist du“ und „Sei du“.

Ich nehme mir das Buch aus der Bibliothek und schlage die Stelle nach, von der Griffin gesprochen hat, doch sie ist verdammt kurz. Und sehr allgemein. Sie besagt nur, dass die Energie, die Tote zurücklassen, entweder in Form einer spirituellen Erscheinung oder eines Geistes mit den Lebenden Kontakt aufnimmt. Und dass diese Energie sich nach einer gewissen Zeit verflüchtigt. Allerdings steht dort nicht, nach welcher Zeitspanne. Oder was passiert, wenn der oder die Tote seine oder ihre Nachricht nicht überbringen konnte. Außerdem wird noch erklärt, dass ein Geist, der mit jemandem in Kontakt treten will, womöglich versucht, ein Unglück zu verhindern. Oder ein Geheimnis mitzuteilen. Oder einen Rat zu geben. Aber etwas darüber, wie genau man das herausfindet, steht dort nicht.

Ich frage mich, ob Onkel Roderick mir dasselbe mitteilen will, was Moira schon den ganzen Sommer über sagt. Dass ich mich auf die neue Schule vorbereiten muss. Und herausfinden, was für eine Art Mensch ich wirklich bin.

Vielleicht versucht er aber auch, mir etwas über sich selbst mitzuteilen. Irgendetwas, das er uns vor seinem Tod nicht sagen konnte. Hat er eventuell in meinem Alter einen Fehler gemacht, den ich nicht wiederholen soll?

Ich spüre, dass ich der Lösung immer näher komme. Und weiß auch, was ich als Nächstes tun muss.

Dreizehn

Die Türen in unserem Haus sind alle schon alt und aus schwerem, massivem Holz. Ich kann mich noch glasklar daran erinnern, wie ich als Drei- oder Vierjährige in Onkel Rodericks Zimmer gehen wollte. Mit ausgestreckten Armen drückte ich fest gegen die dicke Tür aus Eiche, wobei jeder meiner kleinen Muskeln angespannt war. Ich heulte los, weil ich noch nicht verstand, dass ich nicht genug Kraft hatte. Stattdessen dachte ich, sie wäre vielleicht für immer verschlossen. Was sie natürlich nicht war. Onkel Roderick machte die Tür sofort auf, hob mich hoch und nahm mich fest in den Arm.

Als ich jetzt in den Raum gehen möchte, ist die Tür so leicht wie Pappe. Kaum berühre ich sie, springt sie schon auf. Als wolle der Raum, dass ich eintrete. Falls es irgendwelche Antworten darauf gibt, weshalb Onkel Roderick nicht in Frieden ruht, warten sie in seinem Zimmer.

Bevor ich über die Türschwelle trete, atme ich tief ein. Ich kann ihn im ganzen Raum spüren, weiß aber nicht, ob das sein Geist ist oder bloß meine Erinnerungen. Seit seinem Tod war ich nicht mehr hier. Es sieht alles noch genauso aus wie immer, nur aufgeräumter. Früher hat er immer alles, was sich im Laufe des Tages in seinen Taschen angesammelt hat, auf dem Nachttisch gestapelt. Jetzt ist sein Nachttisch leer. Er hat es gehasst, sein Bett zu machen, aber jetzt ist sein Bett gemacht. Ich bin froh, dass ich wieder Shorts und ein T-Shirt trage, so weiß ich, dass das schwere, beklemmende Gefühl in meinem Magen von meiner Traurigkeit kommt und nicht von etwas, das zusammengerollt unter dem Kleid auf der Lauer liegt.

Wonach ich suche, weiß ich nicht. Also beginne ich bei seinem Nachttisch und ziehe die Schubladen auf. Ein paar Tablettenblister, Taschentücher und Medizinflaschen.

Als Nächstes öffne ich den Kleiderschrank. Seine Hemden hängen wie immer nach den Farben des Regenbogens sortiert auf Bügeln. Bestimmt riechen sie noch nach ihm. Das möchte ich gar nicht genau wissen, also schließe ich hastig die Tür. Womöglich befindet sich das, was ich suche, dort drinnen, aber noch bin ich nicht bereit, mich mit dem zu umgeben, was von ihm übrig ist.

Als mich ein kalter Luftzug streift, der eigentlich nirgends herkommen kann, drehe ich mich abrupt um. Der Bettrock bewegt sich in einer Brise, die es gar nicht geben dürfte. Deutlicher geht es wohl kaum. Ich lege mich bäuchlings auf den Boden, schlage den Bettrock hoch und muss vom aufgewirbelten Staub sofort niesen. Unter dem Bett erwarten mich durchsichtige Plastikkisten, auf die der Staub sich wieder herabsenkt. Nacheinander ziehe ich sie heraus und finde es nur schwer vorstellbar, dass sich in so langweiligen Behältern irgendwelche dunklen Geheimnisse aus Onkel Rodericks Leben verbergen sollen. Wobei, vielleicht macht sie genau das zum perfekten Versteck.

Ich hebe den Deckel der ersten Kiste, die mit Modeschmuck vollgestopft ist, hoch. Unmengen an Halsketten, Armbändern und Ohrringen. Manche davon sind ziemlich hässlich und waren bestimmt nur als Witz gedacht. Klobige Plastik- und Holzteile, knallige Farben, bunte Quasten und glitzernde Strasssteine. Wahrscheinlich sind ein paar der Sachen ganz nett, aber da ich mich mit Schmuck überhaupt nicht auskenne, sind sie vielleicht auch alle schrecklich oder alle wunderschön. In eine Ecke sind ein paar Perücken gequetscht und irgendwelche Stofffetzen. Die nächste Kiste ist voll mit Make-up, das nigelnagelneu aussieht, obwohl er es über Jahre hinweg gesammelt hat.

Plötzlich steigt in mir eine Erinnerung auf, wie wir in seinem Zimmer auf dem Boden sitzen. Ich bin ungefähr fünf Jahre alt, und wir spielen Verkleiden. Ich streife ihm eine Halskette nach der anderen über, und er trägt ein lächerliches Diadem auf dem Kopf. Auf meinem Kopf habe ich einen seiner Hüte, einen hohen, ausgefallenen Zylinder, der vor über hundert Jahren für einen Mann angefertigt worden war. Ich sage Onkel Roderick, dass er hübsch aussieht. Und er antwortet, ich sähe schön aus. Und dann weiß ich noch, wie es tief in meiner Brust ganz warm wurde, als hätte er recht und wüsste, wer ich einmal sein würde.

Ich schüttle meinen Kopf, um die Erinnerung loszuwerden. Irgendwann werde ich sicherlich bereit sein, mich an Onkel Roderick zu erinnern, aber heute noch nicht. Heute muss ich mich darauf konzentrieren, was er gerade tut und was ich tun muss. Und ich glaube nicht, dass er mich zu dieser Kiste führen wollte.

Also öffne ich die nächste. Darin liegen lauter Unterlagen. Schnell blättere ich durch einen Stapel medizinischer Formulare und vermeide jede genauere Information über seine Diagnose, Behandlung oder Heilungschancen. Als Nächstes habe ich irgendwelche zusammengewürfelten Papiere in der Hand, bei denen oben in der Ecke Finanzamt steht. Das scheint Steuerkram zu sein.

Bei dem Großteil der Unterlagen geht es jedoch um etwas anderes. Es gibt einen dicken Ordner, auf dessen Vorderseite die Buchstaben BEFAH prangen. Darunter steht in geschwungener Schrift: ‚Bündnis der Eltern, Freundinnen und Freunde und Angehörigen von Homosexuellen'.

Von BEFAH habe ich schon einmal etwas gehört und glaube, es ist eine Selbsthilfegruppe. Aber Onkel Roderick brauchte diese Unterstützung nie. Er hatte uns. Ich schlage den Ordner auf.

Das erste Blatt ist knallgelb, und ganz oben steht ‚Transgeschlechtlichkeit 101'. Das nächste ist grün und hat die Überschrift ‚Hilfe vor Ort für LGBTQIAP+-Jugendliche'. Das darunter trägt die Überschrift ‚Unsere Geschichten' und ist ein paar Seiten lang. Ich blättere sie durch. Das scheinen Berichte von schwulen und lesbischen und trans Teenies zu sein, die ihre Erfahrungen schildern.

Der restliche Inhalt sind ähnliche Unterlagen. Eine Vielzahl von Artikeln aus Zeitungen und Zeitschriften über schwule und lesbische Personen, meistens jedoch über trans Menschen. Ich finde ein *Time Magazine* mit einer Schauspielerin namens Laverne Cox auf dem Cover. Und eine *National Geographic*-Ausgabe, bei der ebenfalls eine trans Person auf der Titelseite ist, diesmal ein Kind. Außerdem sind in der Kiste noch ein paar Broschüren und Faltblätter und sogar einige Bücher verstaut.

Ich weiß, was ‚transgender' bedeutet. Das meint, dass jemand mit einem bestimmten Körper geboren wurde und man ihn oder sie daher als Mädchen oder Junge einsortiert hat, sich das für diejenigen aber nicht richtig anfühlt und sie es deshalb ändern. Vielleicht nehmen sie Medikamente oder werden operiert. Ich kann mich nicht daran erinnern, dass das bei uns ausdrücklich

Thema war, aber manchmal haben Mum und Onkel Roderick sich auf jeden Fall darüber unterhalten. Als sie noch in der Stadt lebten, hatten sie beide trans Freunde, und ich weiß noch, dass uns diese Freunde manchmal besuchten. Als ich irgendwann herausfand, dass die meisten Kinder mit ihrer Mutter und ihrem Vater zusammenleben, war ich vollkommen überrascht. Ich hatte noch nicht begriffen, dass es normal ist, einen Vater zu haben. Dass Menschen LGBTQIAP+ sein können, wusste ich hingegen schon immer.

Die einzigen Geräusche im Zimmer kommen vom raschelnden Papier und meinem schnellen Atem. Doch plötzlich knarzt der Boden hinter mir, und ich erschrecke mich fast zu Tode. Ich schnelle herum und erwarte den Geist von Onkel Roderick, der auf mich zuschwebt – wobei, warum sollte dann der Boden knarzen? Hier ergibt gerade nichts mehr einen Sinn, doch da ist nur meine Mutter.

„Ich habe ein paarmal nach dir gerufen", sagt sie und lächelt traurig. In letzter Zeit lächelt sie ziemlich häufig ziemlich traurig. Mein Blick wandert zum Fenster, wo die Sonne durch die Bäume scheint. Mir war gar nicht aufgefallen, wie spät es schon ist.

„Entschuldige, ich war abgelenkt." Bestimmt ist es normal, nach dem Tod von jemandem in dessen Zimmer zu gehen, um ein wenig von ihm zurückzuholen. Bestimmt steht davon auch etwas in diesem Buch *Über den Tod und das Sterben*. Mum fragt nicht, was ich hier mache, weil sie wahrscheinlich schon genau dasselbe getan hat. Bestimmt gehört das zur Phase der ‚Akzeptanz', und mir wird bewusst, wie praktisch es ist, dass meine Nachforschungen wie ein normaler Teil des Trauerprozesses wirken. Das erspart mir eine Menge an Erklärungen.

Mum setzt sich zu mir auf den Boden. „Wo warst du?“, frage ich.

Sie zieht ihre Knie an die Brust und schlingt ihre Arme darum. „In der Stadt. Ich habe mich nach Teilzeitjobs umgeschaut. Bisher ohne Erfolg. Ich denke aber auch noch über andere Möglichkeiten nach.“ Diese anderen Möglichkeiten, in eine weit entfernte Stadt umzuziehen oder unser Haus anders zu nutzen, schweben wie ein Schreckgespenst über unseren Köpfen. „Was hast du dir denn gerade angeschaut?“, fragt sie.

Ich bin erleichtert, dass sie das Thema wechselt. „Diese Papiere hier“, erkläre ich. „Wo kommen die denn alle her?“

Mum nimmt ein paar Unterlagen und blättert sie durch. „Also, natürlich weiß ich, woher die Zeitschriften und Bücher sind“, erkläre ich. „Aber die ganzen Broschüren und anderen Sachen? In denen geht es um LGBTQ+. Wo hat Onkel Roderick die wohl hergehabt?“

„Die meisten habe ich schon einmal gesehen“, sagt sie. „Manche sind Erinnerungsstücke aus den Gruppen, in denen er sich engagiert hat, als wir noch in der Stadt wohnten. Außerdem hat er immer gern Infomaterial mitgenommen. Ich glaube nicht, dass er das wirklich brauchte, er hat diese gedruckten Informationen einfach gern gesammelt. Vielleicht für sein kleines privates Archiv oder eine Art eigenes Museum.“

In meiner Brust steigt ein stechender Schmerz auf. Ich hatte keine Ahnung, dass es diese Broschüren hier gibt, und wünschte, er hätte sie mir gezeigt. Keine Ahnung, warum, aber mit meiner Mutter möchte ich sie nicht durchblättern. Natürlich weiß sie, dass Onkel Roderick schwul war. Sie weiß mehr über sein Leben, als ich es jemals tun werde. Aber das fühlt sich trotzdem wie etwas zwischen ihm und mir an. Er wollte, dass ich diese Sachen finde. Also muss da etwas sein, was ich verstehen soll.

Ich staple alles ordentlich aufeinander zurück in die Kiste. Mum legt die paar Broschüren, die sie genommen hat, darauf, und ich schiebe alles unters Bett.

Mein Onkel ruht nicht in Frieden, und diese Unterlagen hängen irgendwie damit zusammen. Da bin ich mir sicher.

Vierzehn

Ich stehe wieder auf Griffins Veranda und habe das Buch dabei. Auch wenn ich gestern nach dem Abendessen stundenlang darin geblättert habe, konnte ich weder etwas Brauchbares darüber erfahren, wie ich mich mit Onkel Roderick in Verbindung setzen kann, noch, wie viel Zeit mir bleibt, bevor er endgültig geht … wohin auch immer Menschen nach ihrem Tod gehen.

„Hi!“, sage ich, als er die Tür aufmacht. „Tut mir leid, dass ich nicht vorher angerufen habe. Aber ich bin gestern vom Regen total nass geworden, und deine Nummer steckte in meiner Shorts. Sie war so zerlaufen, dass ich sie nicht entziffern konnte. Bitte schön, ich bringe dir das Buch zurück, es ist so gut wie neu!“

Ich reiche es ihm. „So gut wie neu würde ich nicht sagen“, erwidert Griffin, und einen Moment lang werde ich nervös. Denkt er, ich habe es beschädigt? Doch dann fährt er fort. „Das hat garantiert schon dreißig Jahre auf dem Buckel und wurde sicherlich oft ausgeliehen. Es ist also so gut wie … alt und stark benutzt. Da wird mir die Bibliothekarin für ein Eselsohr bestimmt nicht den Kopf abreißen, oder?“

Ich lache erleichtert. „Als ich klein war, musste mein Onkel ein Buch zurückbringen, das ich mit Senf verschmiert hatte, und selbst da hat sie mir nicht die Büchereikarte weggenommen. Oder mir den Kopf abgerissen! Dir wird also nichts passieren, denke ich.“

„Puh.“ Er zögert einen Moment. „Gestern hattest du es ja eilig“, sagt er schließlich. „Hast du diesmal Zeit? Wir könnten nach Geistern suchen. Oder einfach abhängen. Vielleicht magst du ja kurz reinkommen, wenigstens auf ein Wasser? Es ist heute ziemlich heiß.“

Stimmt, es ist heiß. Und ein Glas Wasser wäre nicht schlecht. Gestern hat mich seine Frage in Panik versetzt, daher überprüfe ich jetzt meinen Körper nach Libellen im Bauch, Schwindel oder anderen Anzeichen, die mir sagen, dass ich es lieber nicht machen sollte. Da ist nichts. Obwohl ich fast die gleiche Kleidung wie an dem Tag in der Bücherei, als wir uns kennengelernt haben, trage – eine Jeansshorts und ein verwaschenes schwarzes T-Shirt –, fühle ich mich trotzdem nicht so verlottert. Und mit dem Kleid gestern ist es gar nicht zu vergleichen.

„Klar!“, stoße ich hervor. „Ich bin ziemlich gut darin, Geister und solche Sachen aufzuspüren. Lass uns mal nachschauen.“

Wir holen uns Wasser und fangen an. Auf der Suche nach Geheimgängen klopfen wir die Wände ab und laufen systematisch durch alle Zimmer, um kalte Stellen zu finden. Jedes Mal, wenn es irgendwo knarrt, verstummen wir.

Es macht Spaß. Und ist unkompliziert. Irgendwie so, wie es mit Moira früher war, als wir uns nicht mehr gehasst haben, und es noch nicht so komisch wurde wie im Moment. Was auch immer wir jetzt füreinander sind. Oder in was wir da gerade hineinwachsen. Ich habe nicht viel Erfahrung mit Freundschaften, und vielleicht ist das ja alles ganz normal. Es wäre schön, in etwas ganz normal zu sein.

Natürlich ist es hilfreich, dass ich Geister sehr gut aufspüren kann. Griffin klingt jedoch enttäuscht, als ich ihm erzähle, dass ich noch nie einen ‚echten' Geist, also eine durchsichtige Person, die stöhnend herumschwebt, gesehen habe. Aber als ich erkläre, dass die kalte Stelle in der Küche eindeutig von etwas Übernatürlichem kommt, ist er total begeistert. Und von der Gegenwart mehrerer Geister, die ich in seinem Keller spüre, erst recht.

„Bist du wirklich nur ein Mensch?", meint er irgendwann, und ich erstarre kurz. Findet er mich seltsam? Doch dann fährt er fort und fragt: „Oder bist du eine Geisterjägerin mit übernatürlichen Kräften und bewegst dich zwischen der Menschen- und der Geisterwelt? Die Sachen, die du hier im Haus bemerkst, bemerkt sonst nie jemand, und ich weiß, dass du sie dir nicht ausdenkst." Ich verdrehe die Augen und tue so, als würde ich in Trance fallen, und Griffin ruft, dass der Geist, der Besitz von mir ergriffen hat, meinen Körper sofort verlassen soll. Wir fangen so laut an zu lachen, dass es von den feuchten Kellerwänden des alten Hauses zurückschallt.

Wir haben unsere Suche aufgegeben und sind mit einem Glas Limonade in unseren verschwitzten Händen auf die Veranda gegangen. „Woher weißt du das alles? Das ist mehr, als in den Bibliotheksbüchern steht, oder?", fragt er.

„Von meinem Onkel", antworte ich, obwohl ich ihn bisher noch nicht erwähnt habe und ich Griffin jetzt alles Mögliche erklären muss. Wie nicht anders zu erwarten, schaut er mich interessiert an.

„Der Bruder meiner Mutter", sage ich. „Onkel Roderick, Mum und ich haben zusammengewohnt, seitdem ich ein Baby war. Und er hat mir immer von den unterschiedlichen Geistern und übernatürlichen Erscheinungen in unserem Haus erzählt. Auch wenn er nicht wusste, wer sie waren oder warum sie dort blieben. Aber er hat mich immer auf die kalten Stellen aufmerksam gemacht und auf dieses Gänsehautgefühl, was bedeutet, dass jemand da war. Unser Haus ist voll davon."

Ich merke, dass er eine andere Frage stellen will, also nehme ich die Antwort vorweg. „Er ist gestorben. Onkel Roderick. Anfang des Sommers. Nachdem er lange krank war."

„Ach, Scheiße", sagt Griffin. „Das tut mir leid."

„Danke."

Eine Weile trinken wir schweigend unsere Limonade. Dann stellt Griffin sein Glas ab und streckt sich, sodass sein T-Shirt ein Stück hochrutscht. Einen Augenblick lang kann ich seine Haut über dem Hosenbund sehen. Sie wirkt weich und flach, und um seinen Bauchnabel wächst ein leichter Flaum. Plötzlich bin ich richtig eifersüchtig, aber ich weiß nicht, worauf. Wir sind ungefähr gleich groß, und ich hatte nie den Eindruck, zu dick oder zu dünn zu sein, doch plötzlich möchte ich in Shorts und Shirt so aussehen wie er. An mir sehen sie nicht genauso aus. Ähnlich, aber eben doch ganz anders. Auf einmal fühlt sich mein Magen wieder so an wie gestern, aber ich möchte unseren schönen Tag nicht ruinieren, weil ich ängstlich und gestresst aufbreche.

Zum Glück ist es ohnehin Zeit, nach Hause zu gehen. Wir trinken unsere Limonade leer, während wir die verschiedenen Arten von Geistern, die wir wahrscheinlich gespürt haben, auseinanderklamüsern. Griffin und ich glauben, dass sie sich in drei Gruppen aufteilen lassen: eindeutig übernatürliche Erscheinungen, plötzlich auftretende Energiefelder oder Erinnerungen, die im Raum festgehalten werden. Dann reden wir noch darüber, dass wir wieder etwas zusammen machen wollen, vielleicht zeige ich ihm das nächste Mal unser Haus. Schließlich steige ich auf mein Rad und fahre heim.

Es war total angenehm, einmal von unbekannten Geistern umgeben zu sein, die nicht versuchen, mir etwas mitzuteilen, und kein Überbleibsel von jemandem sind, den ich geliebt habe. Aber nun, während ich über die unbefestigten Wege rase, wandern meine Gedanken wieder zu der Kiste unter Onkel Rodericks Bett.

Ein bisschen habe ich schon in den verschiedenen Broschüren gelesen, und sie waren überhaupt nicht so, wie ich erwartet hatte. Irgendwie dachte ich, wenn jemand trans ist, geht es nur um – na ja, die Geschlechtsteile. Also, dass der Mensch weiß, dass sie nicht zu ihm passen, und er die des anderen Geschlechts braucht. Aber das wurde fast nie thematisiert. Viele der trans Menschen berichteten eher über ein generelles Gefühl, nicht richtig zu sein. So als würde dich jemand durch ein Milchglasfenster anschauen und überlegen, was er dahinter sieht.

Für mich klingt das ziemlich normal. Wahrscheinlich ist das einfach menschlich. Ich bin nicht trans und fühle mich trotzdem so, als würden Leute mich ansehen und es ihnen dann auffallen, dass etwas nicht stimmt. Oder dass alles an mir nicht stimmt. Auch wenn davon nichts völlig offensichtlich ist. Auf den ersten Blick sehe ich normal aus, aber trotzdem fügen sich die einzelnen Teile nicht so zusammen, dass es richtig passt.

Und klar, das könnte bedeuten, dass ich auch trans bin, aber ich weiß, dass das nicht so ist. In den Artikeln wurde nämlich ein weiterer Punkt sehr deutlich: Trans Menschen haben wirklich das Geschlecht, mit dem sie sich identifizieren. Und alle, die dagegen argumentieren, sind schlicht und einfach transfeindlich. Eine Sache wurde dabei ein ums andere Mal wiederholt. ‚Trans Männer sind Männer' und ‚Trans Frauen sind Frauen'. Eine unumstößliche Wahrheit. Aber ich glaube nicht, dass ich ein Junge bin. Ich fühle mich nicht wie ein Junge, den alle für ein Mädchen halten. Ich fühle mich wie ein unförmiges und schwammiges menschenähnliches Wesen, das sich in seiner Haut nicht wohlfühlt. Klar, vielleicht ginge es mir besser, wenn ich wie ein Junge aussähe und mich alle für einen hielten. Natürlich hätte ich nichts dagegen, mehr wie Griffin auszusehen. Wenn mir meine Kleidung so gut passen würde wie ihm seine und alle dächten, dass wir zwei Jungen sind, aber trans Menschen sind ihr Geschlecht. Und ich ... wünsche mir das bloß. Das ist ein Unterschied.

Ich frage mich, wie sich das wohl anfühlen muss, so etwas über sich zu wissen, also ganz klar und unmissverständlich, aber es gleichzeitig nicht ausleben zu können. Plötzlich bekomme ich ganz weiche Knie, habe keine Kraft mehr in den Beinen und falle fast vom Fahrrad. Und dann sitze ich am Straßenrand und weine, weil mich die Wahrheit wie ein Schlag trifft und das alles so schrecklich ist.

Onkel Roderick war trans. Da bin ich mir sicher. Das ist es, was er mir mitteilen wollte und mit ‚Sei du selbst' gemeint war. Weil er es nicht war. Nicht sein konnte. Warum sollte er diese ganzen Broschüren sonst gesammelt haben? Weshalb hatte er sie sonst unter seinem Bett versteckt? Er wusste es und hat es uns nie gesagt.

Vielleicht hatte er eigentlich einen ganz anderen Namen, mit dem wir ihn hätten anreden sollen. Vielleicht hatte er – oder sie? Vielleicht war das die Sache, die er – sie? — vor dem Tod noch erledigen wollte. Oh nein. Auf den Beileidskarten stand immer ‚Roderick'. War es das?

Ist er gestorben, ohne dass irgendjemand erfahren hat, was in dem Menschen, den wir alle so liebten, wirklich vorging? Diese Vorstellung ist furchtbar und bricht mir fast das Herz.

Ich fasse mir mit beiden Händen an den Kopf und kralle mit den Fingern in meine Haare, das darf nicht wahr sein. Soll ich Mum davon erzählen? Oder macht das alles nur noch schlimmer? Dann gibt es nicht nur eine Person, die feststellen muss, dass sie völlig versagt hat, sondern zwei. Aber nein. Ich muss es ihr sagen. Sie muss es wissen. Vielleicht ist das die einzige Möglichkeit, damit ihr – ihr Geschwisterteil in Frieden ruhen kann.

Meine Beine sind zu schwach, um weiterzufahren. Ich zwinge mich, aufzustehen, hebe mein Fahrrad auf und laufe langsam nach Hause. Ich stelle mir vor, wie es wäre, statt eines Onkels eine Tante gehabt zu haben. Wie wäre sie gewesen? Dieselbe Person, aber anders. Was hätte sie von uns gebraucht? Hätten wir sie verteidigen müssen? Vielleicht wäre ja auch alles in Ordnung gewesen. Vielleicht hätte die ganze Stadt zu ihr gestanden und sich nichts in unserem Leben verändert.

Irgendetwas ist an diesen Vorstellungen allerdings falsch. Es ist nicht schwierig, mir die Person, die mein Onkel war, in einem Kleid vorzustellen; er hat sich schließlich manchmal eines angezogen, und ich habe ihm gerne dabei zugeschaut. Er sah darin wunderschön aus. Aber mir diesen vertrauten Menschen als … eine andere Person vorstellen, das gelingt mir nicht. Bin ich jetzt transfeindlich? Vielleicht hat er – sie deshalb nie etwas erzählt. Haben wir deswegen nie etwas darüber erfahren? Weil wir vielleicht nicht gut damit zurechtgekommen wären?

Nein. Ich wäre damit zurechtgekommen. Vielleicht hätte ich etwas gebraucht, um mich daran zu gewöhnen. Aber wir haben uns geliebt, und wenn du jemanden liebst, kannst du alles schaffen.

Mein Fahrrad ist nicht schwer, aber als ich es endlich bis nach Hause geschoben habe, schnappe ich trotzdem keuchend nach Luft, und mein Herz hämmert wie die galoppierenden Hufe eines Rennpferdes. Sobald ich mich der Haustür nähere, öffnet sie sich mit einem Knarren, und ich spüre einen Windstoß in meinem Rücken, der mich bis zu Mums Atelier schiebt.

Sie sitzt an ihrem Schreibtisch und schaut von den Unterlagen auf. Wahrscheinlich sieht sie mir an, dass es mir nicht gut geht, denn sie lässt alles liegen, kommt zu mir und umarmt mich fest.

„Glaubst du, Onkel Roderick war trans?“, platze ich heraus und drücke meine geballten Fäuste gegen ihren Rücken, während sie mich im Arm hält. Auf keinen Fall werde ich zusammenbrechen und auch nicht wieder weinen. Ich hasse es, wie die Tränenspuren auf der Schulter ihres Shirts aussehen, und zwinge mich, ein paarmal tief Luft zu holen, wodurch ich mich allmählich beruhige, auch wenn ich noch ein bisschen zittere. Ich winde mich aus ihren Armen, und mein Atem wird langsamer.

„Süße! Wovon redest du? Alles in Ordnung?“, fragt Mum und hört sich so besorgt an, wie ich das auf keinen Fall will, so, als würde mit mir etwas nicht stimmen, was sie nicht mehr richten kann.

„Die Kiste, die ich gefunden habe“, sage ich und ringe nach Luft. „Weißt du noch? Mit den ganzen Broschüren und Büchern und so. In ein paar davon ging es ums Schwulsein, aber in den meisten ging es um Transidentität. Hatte er sie deswegen?“ Ich strecke meine Hand nach oben, als würde ich zu seinem Schlafzimmer zeigen, zu seinem Bett und den darunter versteckten

Kisten. „Diese vielen Informationen. Hat er auf den richtigen Zeitpunkt gewartet, um uns davon zu erzählen?“

Ich gehe einen Schritt zurück, um Mum ins Gesicht zu schauen. Sie wirkt ruhig, vielleicht ein wenig besorgt. „Ich denke nicht ...“, antwortet sie langsam. Klingt sie unsicher? Oder will sie mich nur beruhigen? „Er hätte uns das doch bestimmt gesagt, oder?“

„Vielleicht? Aber ich habe ein paar Geschichten gelesen. In vielen geht es darum, dass trans Menschen nicht von ihren Familien akzeptiert werden. Vielleicht hatte er Angst“ – mein Atem stockt, und ich verliere fast wieder die Fassung –, „dass wir genauso sind.“

Mum schüttelt den Kopf. Sie ähnelt ihrem Bruder so sehr, dass manche sie für Zwillinge hielten. Ich habe keine Ähnlichkeit mit ihr, sie sagt, dass ich nach meinem Vater komme, doch sie und Onkel Roderick haben die gleichen Augen und die gleichen Wangen. Hatte er sich gewünscht, mehr wie sie auszusehen?

„Roddy war sehr selbstsicher“, sagt sie. „Das habe ich an ihm bewundert. Er fühlte sich immer wohl in seiner Haut, ganz gleich, was alle anderen dachten. Weißt du noch, der Halloween-Umzug, als ihr beide euch als die Schöne und das Biest verkleidet habt?“

Ich war sieben und kann mich an das Halloween noch gut erinnern. Ich war das Biest. Er hatte sich mit einem gelben Abendkleid als die Schöne verkleidet. „Aber könnte das nicht bedeuten, dass er am liebsten immer Kleider getragen hätte?“, frage ich. „Dass er jeden Tag eine Frau sein wollte und nicht bloß einmal im Jahr?“ Das ist doch naheliegend.

Mum lacht. Ich weiß gar nicht, wann sie das letzte Mal gelacht hat. „Bestimmt nicht, Schatz. Er hat seine Dragqueen-Zeit zwar vermisst, weshalb Halloween die perfekte Gelegenheit für ihn war, seine alten Tricks auszupacken. Aber kannst du dich noch erinnern, was die Frau vom Lebensmittelgeschäft gesagt hat?"

Die alte Frau, die an der einzigen Kasse im Laden sitzt, arbeitete schon dort, bevor wir hierhergezogen sind. Sie redet nie viel mit uns. „Nein. Was denn?"

„Sie hat dich in deinem niedlichen Plüschkostüm angeschaut und deinen Onkel mit seinen perfekt gestylten Haaren und dem fließenden Abendkleid und gefragt: ‚Sollte sie nicht die Schöne sein und Sie das Biest?'"

Wahrscheinlich war ich von den ganzen Halloween-Süßigkeiten zu vollgepumpt gewesen, um richtig aufzupassen. „Was hat er geantwortet?"

„Er sagte: ‚Wir beide sind genau so, wie wir sein sollen.' Roddy kannte sich und liebte sich, genau wie er war, und für dich hat er sich dasselbe gewünscht."

Mum umarmt mich wieder, und ich versuche, das Gedankenkarussell anzuhalten und nicht mehr all die Möglichkeiten durchzuspielen, sondern stattdessen einfach nur den Boden unter meinen Füßen und ihre um mich geschlungenen Arme wahrzunehmen. Oder den Duft des Waschmittels von ihrem Shirt. Wir stehen eine Weile einfach so da, und nach genau der richtigen Zeit fragt sie, ob ich Abendessen will, und wir gehen in die Küche.

Ich schneide Gurke für den Salat. Mum raspelt Karotten. Währenddessen denke ich noch immer über meine unerwartete Entdeckung und die Schwachstellen in meiner Theorie nach. Und über den Unterschied zwischen dem Wunsch, etwas zu sein, und der Gewissheit, etwas zu sein. Und dass ich mir nicht richtig vorstellen kann, wie meine Tante ausgesehen hätte, und was das über mich aussagt.

Denkt meine Mutter gerade über dasselbe nach? Wie sie wohl reagiert hätte? Ich muss das einfach wissen. „Mum?“, frage ich. „Was hättest du denn gesagt? Wenn er sich als trans geoutet hätte.“

Sie zögert keine Sekunde. „Ich hätte gesagt, dass ich die allerschönste Schwester auf der Welt habe. Und dann hätte ich dafür gesorgt, dass sie alles bekommt, was sie braucht, um sie selbst sein zu können.“

Ich nicke, aber ganz überzeugt bin ich noch nicht. Er hat diese Unterlagen aus einem bestimmten Grund aufbewahrt. Und Mum und mir aus einem weiteren Grund nie davon erzählt. Unser Abendessen ist eine stille Angelegenheit, und ich glaube nicht, dass ich hier weitere Antworten finde. Außer einer.

Ich habe immer noch eine Menge Fragen, aber mein Onkel wusste, dass er geliebt wird, sodass ich mir darüber keine Sorgen mehr machen brauche.

Fünfzehn

Während der nächsten beiden Wochen spüre ich nur die normalen Geister. Kalte Stellen, die in der Hitze der ersten Augusttage angenehm sind. Leere Zimmer, die ihre eigene Stimmung und Erinnerungen haben. Nur die Spiegel spielen mir noch immer Streiche, aber die lassen sich einfach umgehen.

Mum ist sich sicher, dass Onkel Roderick es uns erzählt hätte, wenn er trans gewesen wäre. Und ich möchte ihr gerne glauben. Obwohl seit dem Tag, als wir darüber gesprochen haben, kein Geist mehr um mich herumgepoltert ist, habe ich noch immer seltsame Träume, zum Glück bloß normal-seltsame, Erinnerungsfetzen, die kurz nach dem Aufwachen verschwinden. Und es sind auch keine sonderbaren Sachen mehr in meinem Zimmer aufgetaucht.

Vermutlich hören wir nie wieder etwas von Onkel Roderick. Vermutlich ruht er – oder sie – in Frieden.

Außerdem ist heute mein zwölfter Geburtstag. Wahrscheinlich müsste ich jetzt so etwas wie „Es ist ätzend, im Sommer Geburtstag zu haben“ sagen, weil Kinder, die während der Schulzeit ihren Geburtstag feiern, Muffins und Donuts oder sonst was mitbringen und ihnen ein Ständchen gesungen wird. Aber ich hasse Geburtstagslieder, und ich hasse es, wenn ich von einem ganzen Raum voller Leute angeschaut werde. Meine Geburtstagsfeiern waren immer klein – manchmal nur mit Mum und

Onkel Roderick, manchmal nur mit Moira und ein paar Kindern aus der Schule. Ein selbst gebackener Kuchen mit Kerzen, die vor den Gesichtern der Gäste flackern, und zirpende Grillen im Garten. Ich habe gern im Sommer Geburtstag.

Gerade sitze ich mit meinem Rucksack, in dem Wechselunterwäsche, Socken und mein Schlafanzug stecken, auf dem Fahrrad und bin auf dem Weg zu Moira. Sie hat mich gestern angerufen und ganz unschuldig gefragt, was ich heute Abend vorhätte, ob ich zum Essen kommen und bei ihr übernachten wollte. Ich tat so, als würde ich ihr glauben, dass sie meinen Geburtstag vergessen hatte, und antwortete, ich hätte noch nichts geplant. Wahrscheinlich haben sie und ihre Eltern mit meiner Mutter gesprochen und einen Kuchen für mich besorgt. Ich frage mich, ob wir das letzte Mal meinen Geburtstag zusammen feiern und wer im nächsten Jahr dabei sein wird.

Ich rolle in ihren Garten und springe vom Fahrrad. Als ich die Haustür öffne, ist der Flur dunkel. „Hallo?", rufe ich. „Ich bin's, Mücke!" Und dann gehen die Lichter an.

Erschrocken schreie ich auf, was jedoch von „Happy birthday to you, happy birthday to you, happy birthday, liebe Mücke, happy birthday to you" übertönt wird.

Ist das eine Überraschungsparty? Für mich! Ich dachte, Überraschungspartys gibt es nur in Büchern! Aber da stehen Moira mit ihren Eltern im Hintergrund und eine Gruppe Mädchen – Isla und Emily und ein paar, die ich nicht kenne. Unter der Decke schweben Luftballons, und auf der Mitte des Tisches wartet ein Kuchen mit dreizehn Kerzen, zwölf roten und einer grünen als Lebenslicht.

Ich bin starr vor Schreck, doch Moira stürzt zu mir und wirft ihre Arme um mich.

„Herzlichen Glückwunsch zum Geburtstag!“, quietscht sie. Ich drücke sie unbeholfen zurück, meine Arme sind plötzlich zu lang und zu schwer, um das richtig hinzubekommen.

„Danke schön“, bringe ich hervor. Mit schreckensweiten Augen blicke ich über ihre Schulter und scanne den Raum. Dort stehen drei Mädchen, die ich nicht kenne, die jedoch wie Moira angezogen sind: farbenfrohe Sommerkleider oder helle Shorts mit hübschen T-Shirts. Wahrscheinlich nennt man das Blusen. Warum habe ich anstelle von meinen üblichen Klamotten bloß nicht das Kleid angezogen, das Moira mir gegeben hat? Ein Teil von mir hätte gern vorher Bescheid gewusst. Ich mag keine Überraschungen. Aber allein bei dem Gedanken, wie viele Leute sich für mich diese Mühe gegeben haben, fange ich fast an zu weinen. Alle feuern mich an, die Kerzen aufzupusten, was mir trotz des Kloßes in meinem Hals mit einem Luftholen gelingt.

„Dann stelle ich euch mal vor!“, sprudelt Moira fröhlich los, während sich der Duft der erloschenen Kerzen im Raum ausbreitet. „Das sind Hypatia, Chloe und Chelsey.“ Dabei zeigt sie nacheinander zu ihnen, und ich versuche, mir zu merken, wer wer ist. Sie lassen sich gar nicht so leicht auseinanderhalten. „Ich habe sie in einem Café im Einkaufszentrum getroffen, als ich neue Klamotten für die Schule gekauft habe. Sie haben alle schon letztes Jahr in Maplewood angefangen, also habe ich gedacht, ich lade sie einfach ein! So können wir uns schon vor dem Schulstart mit neuen Leuten anfreunden.“

Ich schäme mich ein bisschen für Moira. Sogar mir ist klar, dass man auf diese Art keine Freundschaften schließt, schon gar nicht mit coolen älteren Mädchen. Doch zu meiner Überraschung lächeln sie mich an. Sie kommen zu mir und gratulieren, fragen, wie alt ich geworden bin, ob ich mich auf den Schulwechsel freue und wie lange Moira und ich uns schon kennen. Ich sehe Moira an, dass es ihr lieber wäre, wenn ich statt Mücke meinen richtigen Namen verwenden würde, aber niemand sagt irgendetwas dazu. Wenn jemand Hypatia heißt, klingt Mücke wahrscheinlich auch nicht exotischer.

Wir nehmen den Kuchen und gehen in den Garten, wo Ellen schon alles fürs Grillen vorbereitet hat. Dort wartet ein kleiner Hund, und sobald wir herauskommen, rennt er in Kreisen um mich und bellt wie verrückt.

„Brutus! Bist du ruhig!", ruft Chloe. Also scheint der Hund wohl ihr zu gehören. Sie versucht, ihn zu beruhigen, aber er hört mit dem Herumgerenne und dem Kläffen nicht auf. Er konzentriert seine ganze manische Energie auf mich, alle anderen sind ihm egal. Schließlich schnappt sie ihn am Halsband und zieht ihn weg. „Das ist total seltsam", sagt sie, während sie ihn anleint und an der Veranda festbindet. „Normalerweise bellt er nur Jungs an." Ellen wirft Brutus ein Stückchen Fleisch zu, wodurch er sich beruhigt. Und wir hängen einfach zusammen ab.

Es ist nicht so wie letztens, als wir nur mit Emily und Isla und den Mädchen zusammen waren, die wir schon von unserer alten Schule kennen. Diese älteren Mädchen finden anscheinend nicht, dass wir uns schminken oder die richtigen Klamotten anziehen müssen, um dazuzugehören. Ein paarmal kommen sie zwar auf ein paar Jungs zu sprechen, doch sie tun nicht so, als wären Jungen das Gesprächsthema Nummer eins. Sie erzählen uns alles über die Mittelschule. Aber nicht auf diese ‚Wir sind klüger als ihr'-Weise. Sondern rücksichtsvoller und hilfreicher. Beispielsweise, welche Lehrer wir besser im Auge behalten sollten und was uns an Hausaufgaben erwartet. Es gibt keine Cliquen oder Dramen, denen man aus dem Weg gehen muss, meinen sie, und davor, gemobbt zu werden oder so, müssen wir uns auch nicht fürchten. Das klingt gut. Ich hätte mir denken können, dass Bücher über die Mittelstufe viel dramatischer als das echte Leben sind.

Als wir alle mit den Geflügelwürstchen, die Ellen für uns gegrillt hat, am Tisch sitzen, sehe ich für einen kurzen Moment vor mir, wie wir wohl für Außenstehende wirken. Es ist, als würde ich über dem Tisch schweben und nach unten schauen. Sechs Mädchen mit frisierten Haaren, bei manchen sind die Körper schon, ähm, weiter entwickelt als bei anderen, mit Kleidern aus den angesagten Geschäften im Einkaufszentrum. Sie unterhalten sich und lächeln, als würden sie alle ein Geheimnis teilen. Und eine Person in abgewetzten Klamotten und keiner besonderen Frisur sitzt mittendrin und sticht wie ein Tintenfleck unter ihnen hervor.

Das ist genauso unheimlich, wie wenn ich zu Hause aus Versehen in den Spiegel schaue und mir nicht mein Gesicht entgegenblickt. Ich frage mich plötzlich, ob es sich wohl so anfühlt, wenn man ein Geist ist – du betrachtest die Welt abseits von oben und wünschst dir, ein Teil davon zu sein. Vielleicht suchen Geister Menschen heim, weil sie Gesellschaft haben wollen?

Wenn sich diese Episode gerade in einem Buch abspielen würde, wären die älteren Mädchen ein bisschen gemein zu mir. Nicht richtig fies, aber hier und da eine Bemerkung, damit ich auch garantiert mitbekäme, dass ich nicht dazugehöre. Emily und Isla würden mitmachen, weil wir nie richtig befreundet waren. Und wenn wir immer noch in derselben Geschichte wären, würde Moira sich allmählich anschließen und mich wie einen alten Schuh abstreifen, sodass ich traurig und verwirrt zurückbliebe.

Aber das alles passiert nicht, und ich komme langsam in die Gruppe hinein. Wenn ich eine Frage stelle, hören sie zu. Ein oder zwei von ihnen antworten. Emily will etwas über die verschiedenen Sportgruppen erfahren, und Isla fragt, ob es eine Schülerzeitung gibt. Zuerst rede ich nicht viel, weil ich diesen Sommer fast nichts gemacht habe, außer vom Geist meines toten Onkels – oder vielleicht meiner trans Tante – heimgesucht zu werden, und das ist nicht der erste Eindruck, den ich hinterlassen will. Aber die Mädchen schaffen es trotzdem, mich in das Gespräch miteinzubeziehen, und schon bald reden wir über unsere Lieblingsfächer und schlechtes Kantinenessen und diskutieren darüber, ob es besser ist, seine Hausaufgaben gleich als Erstes am Freitag zu erledigen oder sie bis Sonntag kurz vorm Schlafengehen aufzuschieben. Moira sitzt neben mir und lehnt sich manchmal ein wenig an mich und ich mich dann an sie. Wahrscheinlich ist es nicht einfach, mit mir befreundet zu sein. Besonders zurzeit. Aber sie versucht es, und das bedeutet mir unendlich viel.

Sobald die Sonne untergeht, fallen Moskitos über uns her. Chloe muss nach Hause und nimmt Brutus mit. Als ich ihn zum Abschied streicheln will, bellt er mich wieder an. „Echt seltsam", sagt Chloe kopfschüttelnd. „Normalerweise fühlt er sich in großen Mädchengruppen wohl. Egal, alles Gute zum Geburtstag, Mücke! Moira kann dir meine Telefonnummer geben, vielleicht treffen wir uns ja noch mal vor Schulbeginn." Alle verabschieden sich von ihr, und dann gehen wir anderen ins Haus.

Wenn nur ich bei Moira übernachte, halten wir uns, von ein paar Exkursionen in die Küche abgesehen, bei ihr im Zimmer auf. Aber heute Abend sind wir so viele, dass wir in den Keller gehen. Wir machen es uns auf dem Teppich bequem. Hypatia zieht den Reißverschluss ihrer Reisetasche auf und schüttet den Inhalt auf den Boden.

Das hätte ich mir denken können. Nagellack, Haarbürsten und Haarspangen, Lipgloss und andere Schminksachen. Wahrscheinlich muss ich mich daran gewöhnen.

Chelsea fragt, ob sie mich schminken darf. Eigentlich will ich ‚Nein' sagen. Sie waren alle total nett zu mir, und ich glaube nicht, dass sie mir das übel nehmen würden. Doch ich antworte ‚Ja', denn schminken ist etwas, was ich verstehen will. Etwas, das ich allein hinbekommen möchte. Wie beim letzten Mal, als Moira mich geschminkt hat, ist es überwiegend schön. Zarte, leichte Finger, sanfte Atemzüge, ein Gefühl in meinem Magen wie ein Hund, der sich immer wieder im Kreis dreht, bevor er sich zum Schlafen legt. Als ich dieses Mal die Augen öffne und mich im Spiegel betrachte, schreie ich nicht auf. Wahrscheinlich gewöhne ich mich langsam an den Anblick eines Mädchens. Sie sieht gar nicht schlecht aus.

Chelsea kämmt meine Haare und sagt, dass sie total neidisch darauf ist. „Wären meine Haare doch bloß nicht so dünn. Deine sind richtig dick! Die hätte ich auch gerne."

„Danke", sage ich. Gedanken über die Beschaffenheit meiner Haare habe ich mir noch nie gemacht. Manchmal träume ich davon, mir sie komplett abzurasieren und dann meinen Hinterkopf zu berühren und mit den Fingern über die harten Stoppeln zu streichen. Ich habe keine Ahnung, warum sich die Vorstellung so tröstlich anfühlt, aber sie tut es. Vielleicht mache ich das eines Tages wirklich. Mädchen können auch abrasierte Haare haben.

Allerdings glaube ich nicht, dass ich diese Art von Mädchen bin. Zu welcher Art ich gehöre, werde ich irgendwann schon herausfinden. Das muss ich schließlich, oder?

Kurz nach Mitternacht gehen wir schlafen, unsere Schlafsäcke haben wir in einen Kreis gelegt. Der Waschbeckenunterschrank im Badezimmer ist voller Pflegeprodukte, und Moira zieht eine Packung mit Abschminktüchern heraus. Anscheinend benutzt man dazu gar nicht nur Wasser und Seife. „Zum Glück übernachten wir nicht bei Mücke zu Hause", sagt Moira gähnend. „Dort spukt es."

„Wirklich?", fragt Hypatia.

„Ein bisschen", antworte ich. „Aber ich wurde noch nie verletzt."

„Hast du schon einmal einen Geist gesehen?", möchte Chelsea wissen.

Ich zögere. „Nein", sage ich, und das ist ja nicht einmal gelogen. „Ich habe noch nie einen gesehen. Aber sie sind da. Das ist überhaupt keine große Sache."

„Wie cool", sagt Emily. Wir quatschen noch ein bisschen weiter, in der Dunkelheit fällt mir das leichter. Ich weiß nicht, wer zuerst einschläft, aber in dieser Zeit zwischen Wachen und Schlafen, wenn alles verschwommen und warm und ruhig ist, stelle ich mir unseren Kreis als Schutz vor und dass ich bei diesen Mädchen in Sicherheit bin und irgendwie dazugehöre. Und dann schlafe ich ein.

Sechzehn

Anita Life ist da, und sie sieht großartig aus. Dichte silberne Locken, die ihr bis über die Schultern fallen, ein spektakuläres Make-up und lange Wimpern, die ihre warmen Augen umrahmen. Ihr Abendkleid besteht ausschließlich aus grünen und blauen und goldenen Libellen. Sie sind lebendig, flattern träge und zirpen wie Grillen.
Wir laufen irgendwohin. Zu einem Friseursalon mit kaltem Fliesenboden und warm beleuchteten Spiegeln. „Du wirst großartig aussehen, Schätzchen", sagt sie zu mir. Sie öffnet ihren Paillettenkoffer, das Innere ist riesig und mit Schminksachen und Kämmen und Perücken vollgestopft. Außerdem winden sich Rohre um den Koffer, als wäre er mit einem Waschbecken verbunden. Sie wühlt darin herum und zieht eine elektrische Haarschneidemaschine heraus. Einen Friseurstuhl gibt es nicht. „Du musst dein Leben nach deinen eigenen Wünschen und Vorstellungen gestalten", erklärt sie mir. „Bist du bereit?"
Ich ziehe das Haargummi aus meinem Pferdeschwanz und schüttle die Haare. Sie fallen nach unten wie Efeu, das an einem Gebäude entlangwächst, Flechten, die von einem Zweig herabhängen, Spinnweben, die an meinem Gesicht und Hals festkleben.
„Ich bin bereit."

Siebzehn

Der Duft nach Toast, Eiern und Würstchen weckt mich aus meinem Traum. Worum ging es darin noch einmal? Bruchstücke tauchen durch meine Schlaftrunkenheit an die Oberfläche. Onkel Roderick, als Dragqueen in einem Friseursalon? Schräg. Ich war noch nie bei einem Friseur. Der Traum ist so präsent wie die gruseligen Albträume vom Anfang des Sommers, aber er ist nicht so beunruhigend. Ich frage mich, ob er mein letztes Geburtstagsgeschenk von Onkel Roderick ist? Ob er – oder sie – endlich in Frieden ruht, aber noch einmal genügend Kraft gesammelt hat, um mir dieses letzte Geschenk zu machen. Die Erinnerung an Anita Life ist ein schöner Beginn in mein dreizehntes Lebensjahr.

Umgeben von übernächtigten Mädchen, die sich gähnend strecken, liege ich vergraben in meinem Schlafsack. „Guten Morgen", sagt Moira leise und huscht ins Bad. „Guten Morgen", murmeln wir zurück. Ich setze mich hin, reibe mir übers Gesicht und will meinen Pferdeschwanz festziehen. Während mein vernebeltes Gehirn langsam versteht, was meine Hände fühlen, höre ich Moira schreien. Ich bin sofort hellwach und renne los.

Sie steht im Badezimmer und starrt mit weit aufgerissenen Augen auf lange, dunkle, schlangenartige Formen, die auf dem ganzen Boden verstreut liegen. Ihre Hände hat sie vor den Mund geschlagen. Ich streiche mir immer wieder über den Kopf. Nicht durch meine Haare. Über meinen Kopf. Über die übrig gebliebenen Stoppeln. Ein paar vereinzelte Strähnen rutschen mir von Schultern und Nacken und fallen auf den Teppich aus Haaren, der den Boden bedeckt.

Meine Haare sind ab.

Ich schüttle den Kopf und frage mich verwundert, ob ich träume. Auf dem Waschbecken liegt eine benutzte, schwarze elektrische Haarschneidemaschine, die noch immer in der Steckdose steckt. Die Klinge ist von dunklen Haaren verstopft. Ich nehme sie in die Hand und betrachte sie von allen Seiten. Sie ist schwer.

Die anderen drängen ins Bad und reden durcheinander. „Was ist passiert?“ „Deine Haare!“ „Wie ist das denn –“ „Hast du –“ „Ich dachte, ich hätte –“

Ich weiß nur, dass er hier ist. Onkel Roderick. Er ist mir gefolgt. Das hat er getan.

Eine andere Erklärung gibt es nicht. Ich bezweifle, dass eine meiner neuen Freundinnen so etwas machen würde. Das wäre gemein, und so sind sie nicht.

Der Traum, denke ich plötzlich. Anita Life. Der Friseursalon. „Du musst dein Leben nach deinen eigenen Wünschen und Vorstellungen gestalten“, hat sie mir gesagt. „Ich bin bereit“, habe ich geantwortet. Waren wir das ... gemeinsam? Wieder und wieder streiche ich mit zitternden Händen über meinen Kopf.

„Hast du ... hast du das letzte Nacht gemacht?“, fragt Moira unsicher.

„Nein“, sage ich und starre noch immer auf den Boden. „Also, vielleicht nicht absichtlich.“

„Denkst du, du bist geschlafwandelt? Oder ‚geschlaf-rasiert‘?“

Ich schüttle meinen Kopf, der sich jetzt ganz leicht anfühlt.

„Ich bin noch nie geschlafwandelt, das weißt du doch. Ich wusste nicht einmal, dass ihr diese Haarschneidemaschine besitzt. – Unmöglich, dass ich das war." Vielleicht hätte ich lieber lügen und ihnen erzählen sollen, dass ich aus einem Geburtstagsimpuls heraus einen neuen Look ausprobieren wollte, dann wäre wahrscheinlich alles okay. Komisch, aber lustig. Aber dafür ist es jetzt zu spät.

„Also, ich finde das extrem gruselig", sagt Hypatia nachdenklich. „Aber ... du siehst gut aus, findest du nicht?"

Darüber, wie ich jetzt aussehe, habe ich mir noch gar keine Gedanken gemacht. Schon aus Gewohnheit vermeide ich den Blick in den Spiegel. „Echt?", frage ich mit zitternder Stimme.

„Ja", sagt Isla. „Natürlich bin ich verdammt erschrocken. Besonders, weil wir uns gestern Abend als Letztes darüber unterhalten haben, dass du in einem Spukhaus wohnst. Aber es steht dir. Vielleicht ist heute Nacht ja ein Geist vorbeigekommen und hat dir einen Gefallen getan."

Natürlich macht sie Witze, aber sie könnte trotzdem recht haben. Moira schaut mich noch immer fassungslos an, und ihr Gesichtsausdruck verrät mir, dass sie das nicht lustig findet. Onkel Roderick wollte durch das Ouija-Brett zwar nicht mit ihr kommunizieren, aber vielleicht beobachtet er uns. Ich schaue sie fragend an, auch wenn ich nicht genau weiß, was ich wissen möchte.

Sie blinzelt ein paarmal. „Ja", sagt sie. Ihre Stimme klingt ein wenig angespannt, was aber nur auffällt, wenn man sie gut kennt. „Mir gefällt es."

„Könnt ihr ... kann ich ein paar Minuten allein sein?", frage ich. Sie nicken. Chelsea tätschelt mir beim Gehen die Schulter. Ich schließe hinter ihnen die Tür und richte meinen Blick auf den Haarhaufen. Ich sollte sauber machen. Also sammle ich die Haarsträhnen auf und werfe sie in den Mülheimer. Was, wenn sie lügen? Was, wenn ich schrecklich aussehe? Wieder streiche ich über meine Kopfhaut, die sich borstig und weich anfühlt. Beruhigend. Daran muss ich mich gar nicht gewöhnen, es gefällt mir auf Anhieb.

Und noch während ich mir über den Kopf streiche und mich das kratzige Gefühl beruhigt, richte ich mich auf. Lass meine Hände fallen. Und schaue mir langsam in die Augen.

Da bin ich. Nur ich.

Da ist er, denke ich. Dann setzen meine Gedanken einen Moment lang aus, und ich fühle nur noch.

Ich sehe einen Jungen im Spiegel. Ich sehe mich selbst im Spiegel. Sonst habe ich beim Blick in den Spiegel immer ein Mädchen gesehen und nicht mich selbst. Ich dachte immer, es wäre ein Geist. Oder eine Illusion. Aber da ist er. Da bin ich. Und dann verstehe ich.

Das wollte Onkel Roderick mir mitteilen. Das versuchte er, mir zu sagen. Deshalb waren diese ganzen Unterlagen unter seinem Bett aufbewahrt. Er hat darauf gewartet, dass ich so weit bin. Er wusste es.

Jetzt passt alles zusammen, und diese Erkenntnis fegt wie ein Wirbelsturm durch meinen Kopf. Die zerbrochene Nagellackflasche, nachdem ich das erste Mal geschminkt wurde. Seine Kontaktaufnahme durch das Ouija-Brett und sein Rat ‚Sei du selbst', als ich in einem Kleid nach Hause gekommen bin. Ich mochte all diese Dinge nicht, wollte sie nie machen, und Onkel Roderick hat wahrscheinlich versucht, mir zu sagen, dass das in Ordnung ist. Dass ich sie nicht mögen muss. Dass ich mich nicht zwingen muss, ein Mädchen zu sein. Alles, was ich machen soll, ist, einfach nur ich selbst zu sein – ein Junge.

Ich weiß nicht, wie lange ich im Bad bleibe und mich anstarre, während diese neue Wahrheit in mir wie ein Kerzenlicht flackert. Lange genug jedenfalls, dass Moira gegen die Tür hämmert.

„Mücke! Was machst du da drinnen? Alles in Ordnung?“

„Alles in Ordnung“, rufe ich zurück. Und jetzt, wo ich Bescheid weiß, klingt sogar meine Stimme anders. Nicht tiefer. Aber echter. Mehr wie meine. Ich frage mich, ob Moira das auch hört.

Ich öffne die Badezimmertür und komme langsam heraus. Mir kommt es vor, als würde ich mich weiter und weiter aufrichten. Meine Schulterblätter sind zurückgezogen. Mein Rücken ist gerade und stark. Jeder Schritt steckt voller Kraft. Moira wartet gleich vorm Badezimmer. Sie sieht besorgt aus, doch dann strahlt sie wie die aufgehende Sonne übers ganze Gesicht.

„Du siehst wirklich gut aus“, sagt sie. Doch bei ihren Worten schwingt noch etwas anderes mit, sie meint mehr als nur das.

„Danke“, gebe ich zurück. „Ich fühle mich auch gut.“ Bestimmt hört sie das auch bei mir.

Die anderen Mädchen spüren, dass etwas Wichtiges geschehen ist, selbst wenn sie nicht wissen, was. Als sie mich jetzt umarmen, bin ich nicht mehr total angespannt, und sie sagen wieder, dass mir die kurzen Haare richtig gut stehen. „Ich weiß“, erwidere ich, und wir fangen alle an zu lachen. Dann gehen wir nach oben zum Frühstück.

Natürlich ist Moiras Mutter überrascht. „Mücke, deine Haare! Was ist passiert?“

„Es sieht total gut aus, oder?“, fragt Moira. Erst bin ich ein bisschen erstaunt, dass sie nicht „Sie sieht gut aus“ gesagt hat, aber dann auch wieder nicht. Schließlich ist das ziemlich offensichtlich.

„Ja“, stimmt Hypatia zu. „Das passt viel besser zu ihrer Gesichtsform, ihrem Stil und allem.“ Kommt es nur mir so vor, oder hat sie wirklich eine Pause gemacht, bevor sie ‚ihrer‘ gesagt hat? Plötzlich klingt das falsch. Nein. Nicht plötzlich. Es klang schon immer falsch, aber jetzt weiß ich, warum. Ich möchte ihnen gerne sagen, dass sie mich „er“ nennen sollen, aber wahrscheinlich sollte ich noch warten und erst mit Mum reden.

Und dann sagt Ellen wie aufs Stichwort: „Also, solange deine Mutter nichts dagegen hat, Mücke.“

„Das wird sie nicht“, sage ich. „Sie sagt immer, dass ich meine Haare so haben kann, wie ich will. Bisher war mir nur noch nie danach.“

„Wie kam es dazu?“, fragt Ellen. „Oder will ich das lieber nicht wissen?“

„Das willst du lieber nicht wissen“, antworte ich. Zu meiner Überraschung sagen wir fünf das alle gleichzeitig. Dann fangen wir an zu lachen.

Nachdem wir das Frühstück vertilgt haben, helfen wir Ellen beim Aufräumen. „Ich sollte wohl mal los“, sage ich, während ich meinen Teller in die Spülmaschine stelle. „Vielen, vielen Dank für die Überraschungsparty! Mein Geburtstag hat viel mehr Spaß gemacht als erwartet.“

„Immer gerne“, sagt Moira. Sie umarmt mich fest, und ich drücke sie zurück. Jetzt bin ich ein Junge, der ein Mädchen drückt, als guter Freund, und es ist das erste Mal, dass ich mich dabei nicht unbeholfen, steif oder klobig fühle. Sondern einfach als Freund. Die anderen Mädchen umarme ich auch und sage ihnen, dass ich mich schon freue, sie auf der neuen Schule wiederzusehen, was ich auch wirklich so meine.

Ich nehme meinen Schlafsack und den Rucksack, und Moira begleitet mich nach draußen. „Gib mir Bescheid, wenn du demnächst mal ins Einkaufszentrum willst“, sagt sie und klingt dabei ernster als sonst. „Wir können nach Klamotten schauen, die zu, ähm, deiner neuen Frisur passen.“

Damit drückt sie auch noch etwas anderes aus, das ist uns beiden klar. „Sehr gern“, sage ich zu ihr. „Aber lass mich erst mit meiner Mutter reden.“

Sie nickt. „Tschüss, Mücke. Ich bin froh, dass wir Freunde sind.“

„Ich auch“, sage ich und springe auf mein Fahrrad.

Achtzehn

Als ich die holprigen, kurvigen Straßen entlangrase, die zu unserem Haus führen, bin ich überhaupt nicht aufgeregt. Ich werde Mum erzählen, dass ich ein Junge bin. Sie wird mich in den Arm nehmen, meinen geschorenen Kopf küssen und mir sagen, dass sie mich auf jeden Fall immer lieb hat. Wir werden neue Klamotten kaufen, ich werde mir einen neuen Namen aussuchen, und jedes Teil von mir, das vorher nie gepasst hat, wird endlich an der richtigen Stelle einrasten.

Die Reifen knirschen durch den Schotter und über trockene Erde, doch mir kommt es so vor, als würde ich darübersegeln. Ich bin stärker im ‚Hier und Jetzt', als ich es je war. Der Moment, als ich mich bei Moira das erste Mal im Spiegel gesehen habe, war, als würde mir ein Licht aufgehen. Und ich stelle mir vor, wie ich eine Taschenlampe nehme und einen Dachboden durchstöbere, während der helle Strahl staubige Winkel und die darin verborgenen Wahrheiten ausleuchtet.

Doch je näher ich unserem Haus komme, desto mehr schwindet meine positive Stimmung. Und wird Stück für Stück durch Bedenken ersetzt.

Mum hat zwar gesagt, dass es für sie kein Problem gewesen wäre, wenn Onkel Roderick sich als trans geoutet hätte. Und sie klang auch so, als würde sie das wirklich meinen. Aber heißt das auch, dass sie das bei mir in Ordnung findet? Mir fallen Sätze aus den Berichten ein, die ich in der Kiste unter Onkel Rodericks Bett gefunden habe. ‚Es fühlte sich an, als wäre meine Tochter gestorben.' ‚Meine Eltern nennen mich noch immer bei meinem alten Namen.' ‚Wir haben ein Jahr lang gestritten.' Nur in wenigen Berichten hatten Eltern auf Anhieb Verständnis. Ich trete nur noch schwerfällig in die Pedale, schließlich fahre ich so langsam, dass ich kaum mein Gleichgewicht halten kann und die Auffahrt entlangschlingere. Trotzdem komme ich schon bald bei unserem alten Haus an, von dem die spitzen Dachgiebel auf mich herabschauen. Ich falle fast vom Rad. Ganz gleich, was als Nächstes passiert, es wird passieren. Mum war mir gegenüber immer ehrlich, und jetzt kann ich auch endlich ehrlich zu ihr sein. Und ihr die Wahrheit sagen. Auch wenn ich selbst die Wahrheit erst seit einigen Stunden kenne, kann ich mir nicht vorstellen, noch eine Sekunde länger damit zu warten, den Rest meines Lebens als ich selbst zu beginnen.

Mit großen Schritten gehe ich die knarrenden Stufen hinauf. Unsere normalerweise immer so schwere Haustür springt bei meiner Berührung wie ein erwartungsvoller Welpe auf. Ich streiche mir über den Kopf und mag, wie sich mein Schädel unter meiner Hand anfühlt, und ich kann mir nicht vorstellen, dass ich jemals wieder eine andere Frisur haben möchte. Mum sitzt mit einer Tasse Kaffee am Küchentisch. Sie schaut auf und sieht mich an, muss aber zweimal hinschauen. Über ihr Gesicht huschen alle möglichen Emotionen, allerdings so viele und viel zu schnell, um sie zu lesen, doch am Ende lächelt sie, und dieses Lächeln geht über ihr ganzes Gesicht.

Die erste Neuigkeit ist enthüllt. Ich setze mich ihr gegenüber und versuche, durchzuatmen.

„Schöner Haarschnitt", sagt sie. „War die Übernachtungsparty gut?"

„Ja", antworte ich. Auf meiner Heimfahrt hatte ich mir eine ganze Reihe von Ansprachen überlegt, die ich zum Beispiel mit „Erinnerst du dich an die Kiste, die wir unter Onkel Rodericks Bett gefunden haben?" oder „Weißt du noch, als du gesagt hast, du hättest deinen Bruder auch als deine Schwester geliebt"? beginnen wollte. Aber keines dieser Drehbücher kommt zum Einsatz.

„Mum", sage ich. „Ich bin ein Junge."

Ihre Kaffeetasse bleibt auf halbem Wege zum Mund stehen und landet dann wieder auf dem Tisch. Ich verfolge die Bewegung, weil ich Angst habe, ihr ins Gesicht zu schauen.

Einen Augenblick ist es still. Dann höre ich ihre Stimme, und sie ist voller Liebe. „Willst du mir damit sagen, dass du trans bist?", fragt sie.

Ich nicke. Und hebe den Kopf. Setze mich gerade hin. Schaue ihr in die Augen. „Ja. Als ich heute Morgen aufgewacht bin und mich im Spiegel gesehen habe, wusste ich es. Ich habe mich früher nie erkannt, aber jetzt schon. Bist du –" Meine Stimme, die eben noch so selbstsicher klang, fängt an zu zittern. „Ist das –"

Mum steht von ihrem Stuhl auf. Kommt um den Tisch herum. Und legt ihre Arme um mich. „Ja", sagt sie. Und dann fangen wir beide an zu weinen.

Menschen weinen bei Neuanfängen und bei Abschieden, und dieser Moment beinhaltet beides. Wir weinen nicht nur aus Traurigkeit. Zumindest mischt sich in die Traurigkeit noch etwas anderes hinein. Ich weine um meinen Onkel und ein bisschen um mich selbst. Sie weint um ihren Bruder, vielleicht um ihren

Ehemann, vielleicht um ihre Tochter und ihren Sohn, vielleicht ja auch um Sachen, von denen sie mir nie erzählt hat.

Als wir uns beide ausgeweint haben, legt sie beide Hände um mein nasses Gesicht und schaut mir in die Augen, die vermutlich so rot und aufgequollen sind wie ihre. „Mein wunderschöner Junge“, sagt sie. Und ich weiß, ich weiß ganz bestimmt, dass Onkel Roderick jetzt hier ist, uns beobachtet und sich wünscht, er wäre nicht nur als Geistwesen bei uns an diesem alten, verschrammten Tisch.

Ich erzähle ihr alles. Von meinem Verdacht bei der zerbrochenen Nagellackflasche, von den unheimlichen Spuknächten und meinen Träumen, wegen denen ich in die Bücherei gegangen bin, von dem Ouija-Brett, dem letzten Traum und weshalb ich wusste, dass ich meine Haare nicht allein abrasiert habe.

„Das klingt ziemlich beängstigend“, sagt sie.

„Nur ein bisschen! Also ich meine, das ist Onkel Roderick, oder? Und vor ihm würde ich mich nie fürchten.“

Mum nickt langsam. „Das klingt einleuchtend.“ Doch ich kann auch hören, was sie nicht ausspricht.

„Du glaubst mir nicht, oder?“, frage ich.

„Dir glauben? Oh, Schatz, natürlich glaube ich dir.“ Sie hält inne und wählt sorgfältig ihre Worte. „Wir beide vermissen Roddy unendlich. Und wenn du eine Menge in dir verschließt, bahnt sich das unvermeidbar, auf seltsame Weise einen Weg nach draußen. Und auch wenn ich mir nicht ganz sicher bin, ob der Geist meines Bruders wirklich zurückgekommen ist, um dir von dir zu erzählen, glaube ich trotzdem, dass du einige sehr seltsame Dinge erlebt hast.“

„Wenn du dabei gewesen wärst, würdest du mir glauben.“

Schätzungsweise habe ich Glück. Mum glaubt mir, dass ich trans bin. Und an Geister hat sie ohnehin noch nie geglaubt. Es könnte also schlimmer sein.

Sie zuckt mit den Schultern. „Vielleicht hat er das mit Absicht gemacht. ‚Es gibt mehr Ding' im Himmel und auf Erden, als Eure Schulweisheit sich träumt, Horatio.'"

„Was?"

„Shakespeare."

„Oh."

„Allerdings. Und ich bin hier der Horatio. Aber keine Sorge, mein süßer Prinz, auf dich warten keine Engelsschwingen."

Ich habe keine Ahnung, wovon sie spricht. Aber das klingt ganz nach ihr, und darüber bin ich sehr froh.

Neunzehn

Am nächsten Morgen erwache ich aus einem normalen Traum, an den ich mich nur noch flüchtig erinnern kann, und schaue mich in meinem Zimmer um. Heute Nacht war niemand bei mir, nichts hat sich verändert. Aber in mir ist alles verändert.

Ich muss Moira davon erzählen. Ihre Reaktion auf meinen Haarschnitt ist ein gutes Zeichen, sie hat eindeutig verstanden, dass es dabei um etwas Wichtigeres als nur eine Frisur ging. Ich glaube nicht, dass sie mich plötzlich hassen wird oder mich für verrückt erklärt, aber nachdem ich sie angerufen und gefragt habe, ob sie mit mir ins Einkaufszentrum geht, übe ich ein paar Antworten auf Fragen ein, die sie womöglich stellt. Da kommen mir die Broschüren unter Onkel Rodericks Bett sehr gelegen.

Ein paar Stunden später radelt sie zu mir, und bevor wir aufbrechen, gibt Mum uns noch ein wenig Zeit. Moira und ich setzen uns mit einem Glas Limonade an den Küchentisch.

„Irgendetwas ist doch los“, sagt sie. „Du hast mich noch nie gefragt, ob ich mit dir einkaufen gehe. Also, was ist? Zieht ihr um? Willst du dein Zimmer umgestalten?“

Ich grinse. Sie hat keine Ahnung. „Ich bin ein Junge“, erkläre ich ihr, weil es wohl am besten ist, nicht lange herumzufackeln, sondern es einfach auszuspucken. „Die Bezeichnung dafür ist ‚trans‘. Du kannst mich fürs Erste immer noch Mücke nennen, aber ich werde mir einen neuen Namen aussuchen, vielleicht schon vor dem ersten Schultag, vielleicht warte ich aber auch noch etwas ab." Ganz egal, wie sie darauf reagieren wird, allein dadurch, dass ich es ausgesprochen habe, fühle ich mich stärker. Wach. Als wäre vorher alles ein Traum gewesen, aus dem ich gerade aufgewacht bin.

Sie verschluckt sich an ihrer Limonade und hustet. Ich lache. „Entschuldige, ich hätte warten sollen, bis du ausgetrunken hast."

Mit hochrotem Kopf schlägt sie nach mir. „Das hättest du wirklich!", sagt sie halb erstickt. „Sonst bringst du deine beste Freundin noch um." Zittrig trinkt sie noch einen Schluck, und ihre normale Gesichtsfarbe kehrt langsam wieder zurück.

Als sie sich als meine beste Freundin bezeichnet, verschwindet jegliche Angst in mir. „Möchtest du irgendetwas wissen?", frage ich ernsthaft. „Also, was es heißt, trans zu sein, zum Beispiel? Das wäre vollkommen okay."

Sie wirft selbstbewusst die Haare zurück. „Nein, alles bestens. Ich habe ein paar Fernsehsendungen gesehen, in denen es darum ging. Und ein paar Zeitschriftenartikel darüber gelesen. Ich bin zwar keine Expertin, aber so schwierig ist das nun auch nicht."

„Oh! Okay, cool", antworte ich ein wenig überrascht. Ich hätte gedacht, dass ich ihr mehr erklären muss, aber da habe ich sie wohl unterschätzt. „Und ... ist das in Ordnung für dich? Willst du noch immer mit mir befreundet sein? Oder brauchst du Zeit, um dich daran zu gewöhnen?"

Sie verdreht die Augen. „Das ist ja nun nichts, was von meiner Zustimmung abhängt, oder? Das ist einfach so. Und mal ehrlich, vielleicht finden wir jetzt viel einfacher neue Freunde! Du gibst so einen süßen Jungen ab. Da passen wir bestimmt viel besser zu den anderen!"

Mich überkommt eine Riesenwut, die meine ganze Erleichterung zunichtemacht. Wie kann jemand so gut anfangen und es dann komplett vermasseln? „Ist das alles, was dir dazu einfällt?", blaffe ich sie an. „Dazupassen? Neue Leute kennenlernen? Tja, da bin ich ja richtig froh, dass mein Outing als trans dir hilft, bei den beliebten Leuten gut anzukommen!"

„Das meinte ich doch gar nicht", sagt sie und klingt verärgert. „Wir wissen beide, dass es dir schwerfällt, Freundschaften zu schließen. Vielleicht, weil du nicht wusstest, wer du warst! Aber jetzt weißt du es. Du bist anders. Gelassener. Es ist so offensichtlich! Außerdem weiß ich, dass du weißt, dass ich recht habe. Für dich kann ab jetzt alles anders werden. Auf eine gute Weise. Du musst jetzt nicht mehr bloß mit mir zusammen sein. Darüber solltest du dich freuen, oder nicht?"

„Du meinst wohl eher, dass du nicht mehr nur mit mir zusammen sein musst." Ich umklammere mein Limonadenglas.

„Vielleicht beides", sagt sie und klingt nicht mehr ganz so wütend. Fast, als wäre sie erleichtert, weil sie etwas ausgesprochen hat, was ihr schon lange im Kopf herumgeht.

Meine Lippen sind fest aufeinandergepresst, trotzdem versuche ich, ein paarmal tief durchzuatmen. Das sollte nicht in einen Streit ausarten. „Hör mal", sage ich so ruhig wie möglich. „Am besten klären wir das jetzt. Wir müssen nicht befreundet bleiben. Wir sind sowieso nie leicht miteinander ausgekommen, und jetzt können wir das auch einfach lassen. Selbst wenn ich nicht gleich tausend neue Freundschaften schließe, braucht das nicht dein Problem zu sein." Ich hätte nicht gedacht, dass mein Outing als trans unsere Freundschaft beenden würde, zumindest nicht so. Aber vielleicht ging sie ja schon seit Monaten langsam zu

Ende, und das ist gerade nur die letzte Phase. Und wenn ich mir nichts mehr vormachen will, gehört es auch dazu, zu anderen ehrlich zu sein.

Aber Moira schüttelt den Kopf. „Ich hatte nie den Eindruck, dass du mein Problem bist“, sagt sie leise.

„Trotzdem hast du mich manchmal so behandelt“, grummle ich. Eine kleine Stimme flüstert mir zu, dass ich immer dachte, ich wäre das Problem, aber das will ich nicht hören. „Du wolltest mich den ganzen Sommer über dazu bringen, mich zu schminken, meine Nägel zu lacken oder meine Haare zu frisieren. Was war ich denn bitte sonst, wenn nicht etwas, was du richten wolltest?“

Moira sieht aus, als würde sie gleich weinen. „Es tut mir wirklich leid!“, sagt sie. „Ich wollte bloß helfen! Du hättest mir sagen sollen, dass du den ganzen Kram hasst. Ich hatte doch keine Ahnung.“

Meine Wut ist noch nicht ganz verraucht, aber mich überkommt auf einmal ein schlechtes Gewissen. Wie sollte sie wissen, wer ich bin, wenn ich das selbst nicht wusste? „Ich habe es nicht unbedingt gehasst“, gebe ich widerwillig zu. „Es hat sich bloß falsch angefühlt. Und mir war nicht klar, wie ich das erklären sollte. Wahrscheinlich dachte ich, dass ich einfach alle anderen davon überzeugen müsse, wie gut ich mich als Mädchen mache, um mich dann wie eines zu fühlen. Also, wenn ich allen anderen vorgaukeln könnte, so perfekt zu sein wie du, würde ich es auch werden. Ergibt das halbwegs einen Sinn?“ Ich war davon ausgegangen, dass ich ihr so Begriffe wie Transition oder Pronomen erklären müsste. Aber nicht, wie ich mich den ganzen Sommer oder mein Leben lang gefühlt habe. Oder Dinge über mich und über sie auszusprechen und warum wir immer so verschieden waren. Das in Worte zu fassen, fällt mir schwer, aber ich habe den Eindruck, dass ich ihr das schuldig bin. Und mir auch.

Moira lacht durch zurückgehaltene Tränen. „Moment mal. Du hältst mich für perfekt? Mich? Hast du eine Ahnung, wie viele Stunden ich damit verbracht habe, mir das ganze Zeug über Farben und Schminktechniken und alles anzuschauen? Von deinem Onkel habe ich am meisten gelernt, und jetzt weiß ich nicht, wer mir das beibringen kann. Das ist mühsam!"

„Echt?", frage ich ungläubig. „Das sah immer so selbstverständlich aus. Dir ist alles so leichtgefallen, und plötzlich siehst du wie ein Teenager-Model aus und ich noch wie irgendein Gnom."

Sie schüttelt den Kopf. „Mir fällt gar nichts leicht, Mücke. Du bist derjenige, der gute Noten bekommt und die Rechtschreibung von Lehrern korrigiert und alle Texte versteht. Und ganz ehrlich ..." Sie schaut auf den nassen Kreis, den ihr Glas auf dem Tisch hinterlassen hat, und verwischt ihn mit dem Zeigefinger. „Es war schön, zur Abwechslung mal in etwas besser zu sein als du. Du hattest nie Angst davor, anders zu sein. Darum habe ich dich immer ein bisschen beneidet."

Ich reibe mit der Hand über meinen rasierten Kopf. Moira eifersüchtig auf mich? Das ist ein Ding der Unmöglichkeit. Aber sie hat keinen Grund zu lügen, also wird es wohl stimmen. „Na ja, wahrscheinlich war die ganze Arbeit nicht umsonst", versichere ich ihr. „Jungen können sich auch die Nägel lackieren. Oder sich schminken. Vielleicht will ich ja so ein Junge sein. Verdammt, vielleicht haben wir jetzt mehr gemeinsam als vorher."

Moira atmet zitternd aus. Sie schaut mich immer noch nicht

an. „Vielleicht. Aber es tut mir leid, dass ich dich zu jemandem machen wollte, der du nicht bist."

Sie spielt noch immer mit dem Wasser auf dem Tisch herum. Ich stupse mit dem Zeigefinger gegen ihren, und schließlich sieht sie zu mir. „Du wolltest bloß helfen", gebe ich zu und halte ihren Blick fest. „Und du hattest recht. Ich wollte vor dem Schulwechsel herausfinden, wer ich bin. Nur waren für uns unterschiedliche Dinge wichtig."

Ich frage mich, wie unsere Freundschaft ausgesehen hätte, wenn ich die ganze Zeit ein Junge gewesen wäre. Also, wenn jeder gewusst hätte, dass ich ein Junge bin. Ich glaube, das ist die Freundschaft, die wir immer haben sollten, und ich bin sicher, dass Moira das auch denkt. Plötzlich tut sie mir leid. Sie musste sich ständig mit einem schlecht gelaunten, grummeligen Sturkopf abgeben, der nie Lust auf das hatte, was ihr Spaß machte, und der immer so tat, als würde etwas nicht stimmen, ganz gleich, was sie versuchte.

Moira nickt und reibt sich die Augen. Dann grinst sie breit. „Na dann. Warum hängen wir noch in diesem alten Spukhaus herum? Lass uns einkaufen gehen!"

Mum fährt uns ins Einkaufszentrum, und wir quatschen die ganze Fahrt über aufgeregt. Plötzlich verstehe ich, warum Leute gerne shoppen. Also, das wird jetzt nicht meine Lieblingsbeschäftigung. Da lese ich noch immer lieber oder fahre Fahrrad. Aber nun, wo Moira mit mir Sachen aus der Jungs- anstatt aus der Mädchenabteilung aussucht, macht es sogar Spaß. Wir stapeln unterschiedlich gemusterte T-Shirts aus weichem Stoff oder mit witzigen Sprüchen aufeinander. Und Jeans! Ich liebe Jungenjeans! Sie haben tiefe Taschen. Und sind nicht zu eng. Ich trage einen ganzen Armvoll in die Jungsumkleide, und niemand zuckt auch nur mit der Wimper. Dann bewundere ich mich so lange im Spiegel, dass Moira von draußen ruft.

„Jetzt beeil dich mal! Ich möchte wissen, wie du aussiehst! Und dir beim Aussuchen helfen!"

Also renne ich zwischen ihr und der Umkleide hin und her und zeige ihr die verschiedenen Shirts und Jeans. Es ist genau wie in den Shoppingszenen in Büchern oder Filmen, die ich immer übersprungen habe, weil ich sie langweilig fand. Aber das hier ist nicht langweilig. Wir kaufen fast alles, inklusive einem dunkelrosa Shirt und einem in Lila mit gelben Blumen. Schließlich sind sie aus der Jungsabteilung. Früher wollte ich nie etwas in Rosa oder Lila anziehen, aber jetzt ist das etwas anderes, denn die Leute werden mich beim Anschauen nicht für ein Mädchen in einem rosa Shirt halten. Mum bezahlt alles, und ich werde kurz panisch – können wir uns das überhaupt leisten? Aber sie wirkt ganz entspannt, also beschließe ich, ihr zu glauben. Wir haben schon zwei riesige Veränderungen überlebt und werden auch alles Weitere überstehen, das auf uns zukommt.

Zwanzig

Ich glaube, ich habe mich noch nie so sehr darauf gefreut, zur Schule zu gehen. Als ich aus dem Haus auf die Veranda springe, schwingt die Eingangstür im Takt dazu auf und wieder zu. Vielleicht liegt es nur an den vibrierenden Dielenbrettern, aber ich glaube, mein Spukhaus sagt mir, dass ich mich beeilen und endlich loslegen soll. „Mum! Beeil dich! Wir kommen noch zu spät!"

„Deine Schule liegt fünfundvierzig Minuten von uns entfernt. Du musst um halb neun da sein. Es ist gerade mal sieben Uhr, und ich habe meinen Kaffee noch nicht ausgetrunken."

„Äh. Okay. Ich warte im Auto."

„Mach das." Mum klingt mürrisch, aber ich höre ein Lächeln in ihrer Stimme. Welcher Mutter gefällt es nicht, wenn ihr Kind darum bettelt, endlich ins neue Schuljahr zu starten?

Letzte Woche sind wir schon einmal zur neuen Schule gefahren und hatten ein Treffen mit der Direktorin. Mum hatte vorher telefonisch bei ein paar LGBTQIAP+-Organisationen um Rat gefragt, und die hatten vorgeschlagen, einen Termin mit der Schulverwaltung zu vereinbaren. So könnten wir sicherstellen, dass ich die Unterstützung bekomme, die ich brauche. Ich hatte keine Ahnung, was mich erwarten würde, und war dementsprechend nervös, als wir vor Direktorin Campbells Büro saßen. Im Gebäude war es zwar heiß und stickig, aber trotzdem roch es irgendwie auch ganz frisch, als wollte die Schule uns begrüßen.

Dann öffnete sich die Tür, und Mrs Campbell bat uns herein. Ihr freundliches Lächeln passte nicht ganz zu dem leicht besorgten Blick.

„Guten Morgen! Sie sind bestimmt Sabrina! Und du bist?"

„Das ist mein Sohn Mücke", sagte Mum. Mrs Campbell gab mir wie einem Erwachsenen die Hand, und wir setzten uns.

„Was kann ich für Sie beide tun? Mein Sekretariat sagte, Sie wollten sich vergewissern, dass wir auf die Bedürfnisse Ihres Sohnes richtig eingehen können?"

„Ja, das stimmt. Mücke hat sich vor Kurzem als trans geoutet. Und wir möchten sichergehen, dass die Schule darauf vorbereitet ist, ihn ungeachtet dessen, was in den Unterlagen steht, als Jungen zu behandeln. Außerdem wollen wir auch sicherstellen dass es hier eine Anti-Mobbing-Strategie gibt, er die Toiletten benutzen darf, die ihm am meisten zusagen, und die Lehrerinnen und Lehrer ihn ausschließlich mit ‚Mücke' anstelle seines eingetragenen Namens anreden sowie männliche Pronomen verwenden."

Während Mums kleiner Rede ließ ich Mrs Campbell nicht aus den Augen. Meine Mutter und ich waren uns einig, dass sie die Unterhaltung beginnen sollte, damit für die Direktorin kein Zweifel bestand, dass meine Mutter mich voll und ganz unterstützt. Ihre möglichen Fragen sollte ich anschließend natürlich selbst beantworten und erzählen, was mir wichtig war, aber wir hielten es für eine gute Idee, wenn Mum mich vorstellte.

Der Gesichtsausdruck der älteren Frau blieb unverändert. Dasselbe freundliche Lächeln, derselbe besorgte Blick. Sie schaute zwischen mir und meiner Mutter hin und her, aber ich hatte nie den Eindruck, dass sie mich anstarrte oder mied. Als Mum fertig war und ihre Hände auf den Schreibtisch legte, holte Mrs Campbell tief Luft und schien erst einmal ihre Gedanken zu sortieren, bevor sie etwas sagte.

„Zunächst möchte ich mich bedanken, dass Sie die Initiative ergriffen haben. Ich kann Ihnen versichern, dass Mücke ein ganzes Netzwerk an Unterstützung zur Verfügung steht, was in der Mittelstufe der Schlüssel zum Erfolg ist.

Zweitens wirst du, Mücke, soviel ich weiß, unser erster Schüler sein, von dem wir wissen, dass er trans ist. Aber unsere Verwaltung und unser Lehrpersonal gehen davon aus, dass jedes Kind transgender sein könnte oder sich auf andere Weise identifiziert und wir das vielleicht nicht wissen. Einige unserer Toiletten haben wir nach Geschlechtern getrennt, aber es gibt auch fünf Einzeltoiletten, die alle benutzen können und die über das gesamte Gebäude verteilt sind. Mücke kann die benutzen, die er möchte. Ich werde dafür sorgen, dass auf den Anwesenheitslisten der Name ‚Mücke' steht, und falls dort auch der offizielle Name auftaucht, gebe ich den Lehrerinnen und Lehrern Bescheid, diesen vertraulich zu behandeln."

Ich starre sie erstaunt an. Insgeheim hatte ich gehofft, dass dieses Treffen gut verläuft, war aber auch darauf eingestellt, zu kämpfen. Natürlich wollte ich nicht darüber diskutieren, wie real und verlässlich meine Identität ist, doch ich wusste, dass ich das vielleicht müsste. Nichts von dem, was ich gelesen hatte, hatte mich darauf vorbereitet, dass sie mich so bereitwillig akzeptieren würde. So eine Reaktion hatte ich nicht erwartet.

Es entstand eine Pause. Schätzungsweise war ich jetzt an der Reihe, etwas zu sagen. „Ähm, danke, Mrs Campbell. Das hört sich sehr ... gut an." Na super, dachte ich, da habe ich ja großartig gezeigt, wie gut ich für mich selbst sprechen kann. Also fragte ich nach einem ernsten Thema. „Meine Mutter hat von einer Anti-Mobbing-Strategie gesprochen. Denken Sie, das ist ein Thema, über das ich mir Gedanken machen muss? Sie haben viel von den Lehrkräften erzählt, aber nichts von den Schülerinnen und Schülern.“ Auf meiner Geburtstagsparty mit Chelsea, Chloe und Hypatia hatte ich zwar einen guten ersten Eindruck von dieser Schule bekommen, aber die Vorstellung, Hunderten neuer Leute zu begegnen, machte mich schon nervös.

Mrs Campbell nickte energisch. „Bei uns gibt es eine Anti-Mobbing-Strategie, und das ganze Personal hat Schulungen zu diesem Thema besucht. Wir wissen, worauf wir achten müssen und wie wir eingreifen können, bevor etwas eskaliert. Natürlich ist die Mittelstufe eine Zeit, in der du und die anderen Kinder mit Unsicherheiten, Freundschaften, Beziehungen und der Pubertät zu tun haben werden. Das ist keine einfache Zeit, zu der auch Konflikte und verletzte Gefühle gehören können. Aber wenn du den Eindruck hast, dass du schikaniert oder gezielt belästigt wirst, komm bitte direkt zu mir oder auch zu jedem und jeder anderen aus dem Kollegium, und wir werden das ernst nehmen.“

Ich nickte. Mir gefiel es, dass sie mit mir wie mit einem Erwachsenen sprach. Na gut, vielleicht nicht ganz so wie mit einem Erwachsenen, aber wie mit einem Menschen, den sie respektierte.

„Hast du oder haben Sie im Moment noch weitere Fragen? Sonst könnte ich Ihnen kurz die Schule zeigen und Sie herumführen.“ Mum und ich waren einverstanden, und so drehte Direktorin Campbell eine schnelle Runde mit uns durchs Gebäude und zeigt uns auch den naturwissenschaftlichen Bereich, die Turnhalle („Bei uns gibt es keine großen Umkleideräume“, sagte sie und zeigte auf eine lange Reihe von Kabinen vor einer der Wände) und die Toiletten. Als sie sich von uns verabschiedete, grinste ich.

Der Junge konnte den Schulanfang nicht erwarten, dachte ich kurz, aber das fühlte sich nicht richtig an. Ich konnte es nicht erwarten, und das war nichts, was ich mir einreden musste, sondern was einfach stimmte.

Aber heute bin ich zugegebenermaßen schon ziemlich aufgeregt. Es ist seltsam, weil Moira den ganzen Sommer über gesagt hat, die Mittelschule sei ein Neuanfang, und ich ihr nie geglaubt habe. Ich hätte mir nie träumen lassen, dass ein neues Schuljahr in so vielerlei Hinsicht ein Neubeginn sein kann. Angezogen habe ich eins meiner neuen Outfits: ordentlich umgekrempelte, dunkle Shorts (draußen ist es immer noch heiß), ein weißes Poloshirt mit vielen kleinen grünen Fröschen und neue graue Turnschuhe. Endlich schleppt sich Mum mit einem Thermobecher Kaffee aus dem Haus, ich hüpfe ins Auto, und wir fahren los.

„Hey, Mücke? Was ich dir die ganze Zeit schon erzählen wollte", sagt sie auf halbem Weg, „oder wahrscheinlich besser, wofür ich mich bedanken wollte: Du hast unser Haus gerettet."

„Was?" Ich habe gerade aus dem Fenster geschaut und mich gefragt, ob Onkel Roderick wirklich für immer gegangen ist. Oder ob er noch irgendwo in der Nähe zugegen war, mein Gespräch mit Moira mitbekommen und mich in meinem neuen Outfit gesehen hat. Hoffentlich. Aber Mum holt mich ins Hier und Jetzt zurück.

„Ich hatte mich schon nach Käufern für unser Haus und nach einer Wohnung in der Nähe deiner Schule umgeschaut. Während des Sommers habe ich dir zwar immer wieder erzählt, dass das Geschäft nicht gut läuft, aber ich habe dir nicht wirklich gesagt ... wie schlecht."

Normalerweise würde mich so eine Unterhaltung nervös machen, doch in ihrer Stimme schwingt eine Zuversicht mit, die ich schon lange nicht mehr gehört habe. „Nachdem du dich geoutet hattest", fährt sie fort, „hatte ich eine Idee für neue Karten. Sarkastische für schwule und lesbische Hochzeiten oder schwule und lesbische Scheidungen, aktualisierte Geburtsanzeigen, Einladungskarten für Gender Reveal Partys für Erwachsene und so weiter. Ich habe letzte Woche mit allen möglichen alten Freundinnen und Freunden von Roddy und mir telefoniert und so eine ganze Reihe an Ideen für queere Feieranlässe gesammelt."

Jetzt starre ich sie an und bin vor Freude kurz sprachlos. „Echt jetzt? Das ist die beste Idee, die ich je gehört habe! Wir werden reich!"

Mum lacht. „Eher nicht, aber ich bin trotzdem sehr aufgeregt. Ich habe ein paar Probekarten angefertigt und sie einer Handvoll unserer besten Einzelhändler geschickt. Die Nachfrage ging durch die Decke. Ich weiß, dass du dir eine Weile Sorgen gemacht hast, aber momentan sind wir aus dem Schneider."

Wir müssen unser Haus nicht verlassen. Und unseren Garten. Und den Bach, wo ich Onkel Rodericks Stimme gehört habe. Ich zittere, aber nur ein bisschen. Diese Version für die Zukunft meiner Familie überrollt mich wie ein Lastwagen.

„Das ist großartig!", sage ich. Aber Mum hört das Zittern in meiner Stimme und schaut kurz zu mir.

„Was ist los?", fragt sie.

Ich öffne schon den Mund, um „nichts" zu antworten. Doch stattdessen sage ich etwas anderes. Etwas, von dem ich gar nicht wusste, dass es sich in mir angestaut hat. „Ich hatte so eine Angst, Mum. Onkel Roderick war gestorben, und plötzlich hatten wir nicht genug Geld und sollten das einzige Zuhause verkaufen, das ich kenne, und irgendwo anders hinziehen. Ich weiß, dass du immer ehrlich zu mir warst, und auch, dass du dachtest, du müsstest das mir sagen, aber –“ Mir bricht die Stimme. Mum hat am Straßenrand gehalten. Sie sieht mich an, als müsse sie auch gleich losheulen, und jetzt bin ich froh, dass wir so früh losgefahren sind und noch Zeit haben.

„Aber das war zu viel“, sagt sie.

Ich wische mir über die Augen. „Ja. Das war zu viel.“

„Das tut mir leid, mein Sohn“, sagt sie. Ihre Hände liegen noch immer am Lenkrad, und sie sieht durch die Windschutzscheibe. Aber ich glaube nicht, dass sie zu etwas Bestimmtem schaut. „Du warst für dein Alter immer so erwachsen. Und falls es zum Äußersten gekommen wäre und wir hätten umziehen müssen, wollte ich nicht, dass das wie eine böse Überraschung kommt. Ich wollte dir genug Zeit geben, um dich darauf vorzubereiten. Aber als Mutter sollte ich dich wahrscheinlich nicht in erster Linie vorbereiten, sondern so gut wie möglich beschützen.“ Sie macht ihren Sicherheitsgurt auf, lehnt sich zu mir und umarmt mich fest.

Ich atme zitternd aus, lasse etwas los, das ich festgehalten habe, und spüre, wie sie es mir einfach abnimmt.

„Danke“, sage ich, als ich meine Stimme wieder unter Kontrolle habe. „Du kannst meine seelische Belastung wieder durch Kost und Logis und neue Kleidung zu jedem Schuljahr gutmachen. Einverstanden?“ Ich weiß nicht, ob ihr schon nach Witzen zumute ist, aber sie lächelt und sagt, dass sie einverstanden ist.

Und dann kommen wir auch schon bei meiner neuen Schule an. Mum hält hinter den Schulbussen und küsst mich auf die Stirn. Ich steige aus dem Auto, schultere meinen Rucksack und starre auf das große Backsteingebäude, durch dessen offene Eingangstüren Schülerinnen und Schüler strömen. Dann hole ich tief Luft und schließe mich ihnen an.

Einundzwanzig

Mir war klar, dass dieser Tag schon an sich eine größere Sache für mich würde. Der erste Tag meines restlichen Lebens als Junge, als trans Junge. Fast stelle ich es mir schon wieder vor, wie das wohl in einem Buch wäre: ein Junge, der seinen Rucksack schultert und die Eingangsstufen hinaufläuft. Aber das funktioniert nicht. Und in dem Moment wird mir klar, dass ich mich seit meinem Coming-Out als trans nicht mehr aus dieser Distanz betrachtet habe. Es ist richtig, von mir als Junge zu denken, aber falsch, mir vorzustellen, das würde jemand anderem passieren. Ich will diesen Tag und alle kommenden Tage als ich selbst erleben. Als mein wirkliches Ich und nicht als irgendein anderer Junge.

Und jetzt, wo dieser Tag begonnen hat, fühlt sich das alles gar nicht nach einem großen Höhepunkt an. Sondern einfach wie ein erster Schultag. Die Lehrer umreißen die Aufgaben, die im Laufe des Jahres auf uns zukommen werden. Sie nennen mich Mücke, und niemand lacht oder kommentiert meinen Namen. Es ist aufregend, weil alles neu ist, aber auch ein bisschen langweilig, weil der erste Tag eines neuen Schuljahres immer ein bisschen langweilig ist. Ich entdecke ein paar Kinder aus meiner alten Schule. Kinder, die mich schon ewig kennen, und wir begrüßen uns, fragen, wie die Sommerferien waren, und ein paar sagen, dass ihnen meine neue Frisur gefällt, und das war's dann auch schon.

Natürlich bin ich auch ein wenig nervös. Wie erkläre ich den Leuten, dass ich ein Junge bin, ohne einen Staatsakt daraus zu machen? Die ersten Kurse habe ich mit Moira, und während wir von einem zum anderen laufen, gehen wir die Möglichkeiten durch.

„Wie wär's beim Mittagessen?", schlägt sie vor. „Alle Siebtklässler haben zur gleichen Zeit Mittagspause. Ich kann ein paar aus unserer alten Schule fragen, ob wir uns zusammen an einen Tisch setzen wollen, so als eine Art Mini-Wiedersehen. Und dann kannst du es ihnen sagen. Einverstanden?"

„Ja", antworte ich. Ich wünschte, es gäbe eine andere Möglichkeit, aber da ich zwischen jetzt und dem Mittagessen wahrscheinlich weder die Telepathie noch die Gedächtniskontrolle erfinden werde, scheint mir das die beste Gelegenheit zu sein. Also drücke ich mir selbst die Daumen und hoffe auf das Beste.

In der Kantine (die auch als Turnhalle dient und intensiv nach Hotdogs mit einer Spur Basketball riecht) entdecke ich Moira an einem dieser langen Tische mit festgeschraubten Bänken, wo sie von sechs oder sieben Leuten aus unserer alten Schule umringt wird. Niemand, den ich besonders gut kenne. Isla und Olive sind auch dabei und lächeln mir zu.

Ich setze mich mit meinem Tablett zu ihnen, und alle begrüßen mich. Die Unterhaltung läuft weiter, und ich schweige eine Weile, wobei ich mich nicht ausgegrenzt fühle. Ich sitze da und wäge meine Möglichkeiten ab.

Dann höre ich eine Stimme hinter mir. „Entschuldigt, kann ich mich dazusetzen?"

Ich drehe mich um. „Griffin!", rufe ich.

„Hallo, Mücke! Alles Gute zum ersten Schultag!"

„Das wünsche ich dir auch! Klar kannst du dich zu uns setzen." Ich rutsche rüber, um ihm Platz zu machen, und Griffin stellt sein Tablett ab. Ich erkläre, woher wir uns kennen, und er erzählt allen von seinem Umzug aus Portland. Ich sehe zu Moira hinüber, und sie wirft mir einen Blick zu, der eindeutig ‚Der ist ja total süß, und du hast mir nichts von ihm erzählt!' bedeutet. Ich werde rot, zumindest ein bisschen, denn er ist auf jeden Fall süß.

„Jedenfalls", sagt er abschließend, „bin ich deswegen jetzt hier. Schöner Haarschnitt übrigens!" Und das ist schätzungsweise ein ebenso guter Auftakt wie jeder andere.

„Danke", antworte ich. „Ich habe mich während des Sommers als trans geoutet, und diese Frisur passt jetzt besser zu mir." Den Teil mit dem Geist erwähne ich nicht. Und Moira auch nicht.

„Cool", sagt Griffin.

„Trans?", fragt ein Mädchen namens Sophie. „Wie dieses Mädchen auf YouTube? Jazz?"

„Ja", sage ich. „Ich meine, ich bin nicht genau wie sie, weil ich ein Junge bin. Aber ja."

„Wie mein Cousin!", ruft ein anderes Mädchen, Polly. „Er ist transgender. Wie du. Also ein Junge, meine ich."

„Sollen wir jetzt von dir besser als ‚er' und ‚ihm' statt ‚sie' und ‚ihr' reden?", fragt Moira. Ich weiß, dass sie die Antwort kennt, bin aber dankbar für die Chance, es allen zu sagen.

„Ja, bitte. Und, ähm, könnt ihr außerdem keinem davon erzählen? Ich bin mir noch nicht sicher, ob ich schon möchte, dass es andere erfahren."

„Klar, kein Problem", sagt ein Junge, Jeremy. „Das kann ich gut verstehen. Ich bin schwul, und alles ist okay und so, aber ich möchte, dass die Leute es erst erfahren, wenn ich das entscheide. Was wahrscheinlich der Fall sein wird, sobald ich mir einen Regenbogen-Button an meinen Rucksack hefte. Aber bis dahin eben nicht."

„Genau!", sage ich lächelnd. „Ich werde auch keinem erzählen, dass du schwul bist."

Jeremy streckt mir seine Hand entgegen, und ich klatsche ihn ab. Den Rest des Mittagessens reden wir über Mittelschulthemen. Kurse und Lehrer, wovor wir Angst haben, worauf wir uns freuen. Ich bin mittendrin und hänge nicht als stummer Beobachter irgendwo in der Nähe herum oder schwebe über allem. Kein Geist und keine Figur aus einem Buch. Ich bin einfach da, und zwar vollständig als mein ganzes Ich.

Plötzlich habe ich einen ganzen Haufen neuer Freundinnen und Freunde gefunden, zufälligerweise alles Leute, die ich schon ewig kenne, auch wenn wir uns in gewisser Weise gerade erst kennengelernt haben.

Als ich nach Hause komme, sprudeln die Neuigkeiten nur so aus mir heraus. Die Haustür, die ich garantiert hinter mir zugemacht habe, geht von allein wieder auf. Vielleicht spitzt das Haus seine Ohren und will auch wissen, wie mein Tag war. Ich lasse mich darüber aus, wer wohl mein Lieblingslehrer oder meine Lieblingslehrerin wird, erzähle von den verschiedenen AGs, die ich wählen kann, und wie das Mittagessen mit meinen neuen Freundinnen und Freunden war. Mum hat ihren Kopf in die Hände gestützt, und während ich jedes Detail beschreibe, glitzern Tränen in ihren Augen.

„Ich freue mich so für dich, Kleiner", sagt sie, obwohl sie nicht glücklich aussieht. Sie bemerkt meinen fragenden Blick. „Ich muss gerade an Roddy denken“, erklärt sie. „Er wäre auch total begeistert. Ich wünschte, er wäre noch hier.“

Bestimmt war der Sommer für Mum noch schwieriger als für mich. Wir vermissen ihn beide. Aber ich konnte Trübsal blasen, im Bach herumwaten, auf der Veranda Bücher lesen und Onkel Roderick ohne irgendwelche Aufgaben, die ich erledigen musste, vermissen. Sie hat ihn garantiert auch vermisst und musste trotzdem seine Gedenkfeier planen und versuchen, ihr Geschäft am Laufen zu halten. Und sich um mich kümmern.

Außerdem vermisst man jemanden nicht ganz so schlimm, wenn sich sein Geist immer noch in der Nähe herumtreibt. Mit mir ist Onkel Roderick in Kontakt getreten, aber mit Mum nicht. Es gab nichts, was er ihr sagen wollte. Und dann hat mich ja auch noch die ganze Trans- und Outing-Geschichte, abgelenkt. Ob ich ihn bald mehr vermissen werde?

„Ich würde ihm gern so viele Fragen stellen“, sage ich ihr. „Er war gar nicht viel älter als ich, als er sich als schwul geoutet hat, oder?“

„Sechzehn.“

„Weißt du noch, wie er das gemacht hat? Hat er gleich allen davon erzählt? Oder erst euch und dann seinen Freunden?“

„Ich meine, es war andersherum“, sagt sie. „Er hat es zuerst seinen besten Freunden erzählt. Als Nächstes habe ich es dann erfahren, und er wollte wissen, wie es meiner Meinung nach wohl unsere Eltern aufnehmen würden. Ich sagte ihm, dass mich sein Outing nicht überrascht hat und das bei ihnen wahrscheinlich ähnlich sein wird. Was auch stimmte. Aber ich werde nie vergessen, wie fest er an jenem Abend meine Hand drückte, als er es ihnen sagte. Er hatte solche Angst, dass sie ihn anbrüllen oder beschimpfen oder rausschmeißen würden, eben all die schrecklichen Dinge, von denen er gehört hatte, dass sie anderen schwulen Jugendlichen passiert waren. Aber Mum umarmte ihn. Unser Stiefvater ging zum Kühlschrank und holte eine Flasche prickelnden Cidre heraus, den wir normalerweise für besondere Anlässe aufhoben, und schenkte uns allen ein Glas davon ein. Und von da an war es kein Thema mehr."

„Ich wünschte, ich könnte mit ihm darüber reden", gebe ich zu. „Alle, mit denen ich zu Mittag gegessen habe, wissen Bescheid, aber ich weiß nicht, wie ich es neuen Leuten erzählen soll. Oder ob ich das überhaupt will. Ich bin mir nicht sicher, ob die ganze Schule erfahren soll, dass ich trans bin, oder ob mir das zu persönlich ist."

„Wenn es schon ein paar Leute wissen, kannst du nicht verhindern, dass auch andere davon erfahren."

„Stimmt", sage ich. Genau wie der Junge aus der Parallelklasse mit der Herzoperation. Er hat es mir nie selbst erzählt, aber es wussten sowieso alle.

„Hast du Angst, dass die Leute aus deiner alten Schule darüber reden?"

„Hm ... eigentlich nicht. Ich denke, sie haben alle verstanden, warum es nicht besonders cool wäre, wenn sie es weitererzählen."

„Nun, du musst das ja jetzt noch nicht entscheiden. Im Moment zumindest scheint es mir noch sehr vertraulich behandelt zu werden. Wie wäre es, wenn du dir noch etwas Zeit lässt, um gründlich darüber nachzudenken? Rede mit Moira oder deinen anderen Freundinnen und Freunden. Ich suche noch immer nach einer Selbsthilfegruppe, die nicht ewig weit weg ist. Wir können zusammen Bücher lesen. Letztendlich ist das natürlich deine Entscheidung, aber ich fände es schön, wenn du möglichst viele Informationen hast, bevor du dich entschließt, welchen Weg du einschlagen willst."

Sie hat recht. Wenn ich eins der Kinder aus meinen Büchern wäre, würde ich überstürzt irgendetwas Großes machen. Vielleicht bei einer Schulversammlung eine große Rede über meine Reise zu mir selbst halten, die alle zu Tränen rühren und mit der ich am Ende des Schuljahres irgendeinen Preis gewinnen würde, den ich gar nicht verdient hätte. Oder ich würde mich entscheiden, unter den anderen Jungen möglichst nicht herausstechen zu wollen, mich irgendeiner Sportgruppe anschließen, und dann würde mir in der Umkleide etwas Schlimmes zustoßen. Ich würde mir irgendeine Ausrede einfallen lassen und den Rest meines Lebens bangen, dass niemand die Wahrheit herausfände.

Das klingt alles furchtbar anstrengend. Stattdessen entspanne ich mich nach meinem ersten Schultag ein bisschen. Ich mache ein paar Hausaufgaben, ein Arbeitsblatt für Mathe, ein paar Notizen über das erste Kapitel unseres Geschichtsbuches. Ich lese etwas über die verschiedenen Schülergruppen, denen ich beitreten kann, und die Hinweise, wie man eine neue gründet – es gibt noch keine LGBTQIAP+-Gruppe, aber was nicht ist, kann ja noch werden.

Mum verkündet, dass sie früh zu Bett gehen will. Sie schenkt sich ein Glas Wein ein und tapst die Treppe hoch. Ich sitze noch immer auf dem Sofa, als ich sie laut keuchen höre. „Alles in Ordnung?", rufe ich.

„Kannst du bitte mal kurz hochkommen, Mücke?" In ihren Worten schwingt eine kaum zu überhörende Panik mit.

Ich stürme nach oben und an Onkel Rodericks verschlossener Zimmertür vorbei. Mum steht neben ihrem Bett, an ihrer Hand baumelt etwas, das im Licht glitzert.

„Hast du das hierhergelegt, Schatz?", fragt sie mit zitternder Stimme.

„Nein, was ist das?" Als ich genauer hinsehe, erkenne ich ein Herzmedaillon an einer Goldkette. Das habe ich noch nie gesehen.

„Das hat ... das hat Roddy mir einmal geschenkt. Nachdem dein Vater gestorben ist." Sie macht es auf und legt es mir vorsichtig auf die Hand. Im Inneren ist ein winziges Schwarz-Weiß-Foto, eine jüngere Version meiner Mutter und eines Mannes mit meiner Nase und meinem Kinn. Ihr Kopf liegt auf seiner Schulter, und er strahlt, als wäre er der glücklichste Mann auf der Welt. „Es hat mir zu sehr wehgetan, das immerzu anzuschauen, also habe ich die Kette in seinem Zimmer aufbewahrt. In einer Schmuckschatulle, im obersten Schrankfach. Aber jetzt lag es auf meinem Kissen. Hast du ... hast du es gefunden? Hast du es hierhergelegt?"

Und noch während ich den Kopf schüttele, wissen wir beide, wer es getan hat. „Onkel Roderick will dir etwas sagen, Mum", flüstere ich. „Wahrscheinlich ‚Auf Wiedersehen', aber vielleicht auch etwas anderes." Ich versuche nicht, das zu erraten. Das ist eine Sache zwischen meiner Mutter, meinem Vater und meinem Onkel.

Sie nickt, setzt sich schwerfällig aufs Bett und starrt auf das Medaillon. Ich umarme sie und sage, dass ich jetzt schlafen gehe und ihr morgen etwas über Geister beibringen werde.

Epilog

Onkel Roderick und ich sind beim Bach. Es ist ein sonniger Tag, und wir picknicken. Meine alte, schon vor Jahren zerfledderte Babydecke liegt plötzlich als breite, weiche Bettdecke über der Traumlandschaft ausgebreitet. Ich esse Zuckerwatte; sie schmeckt nach Sternen und Wolken und Regen. Onkel Roderick isst direkt aus dem Einmachglas Okraschoten. Die Sonne brennt heiß, und ich muss meine Augen zusammenkneifen. Deutlich erkennen kann ich ihn nicht – er flackert immer wieder auf und verschwindet. Aber ich weiß, dass er lächelt.

„Du hast es geschafft, Mücke."

„Was habe ich geschafft?"

„Du hast es herausgefunden. Du hast es ganz allein erkannt."

„Aber du hast geholfen." Ich sehe an mir herab. Meine Beine sind muskulös. Meine Arme trainiert und gebräunt. Meine Brust ist flach, meine Shorts sitzt locker um die Taille.

„Ich wünschte, ich könnte dir noch mehr helfen. Und jetzt liegt der Rest deines Lebens vor dir. Meiner nicht. Aber ich wünschte, ich könnte es dir sagen."

„Mir was sagen?"

„Wie du sein sollst. Wie du du selbst sein kannst. Wie du Herausforderungen annimmst. Wie du Triumphe feierst. Wie du kämpfst und spielst und gewinnst und verlierst."

„Du hast mich schon so weit gebracht. Jetzt muss ich es selbst in *die Hand nehmen." Meine Augen kann ich immer noch nicht ganz öffnen, aber den süßen Geschmack des Regens habe ich weiterhin im Mund. Ich spüre Arme um mich und weiß, dass Onkel Roderick mich gerade an sich drückt.*

„Danke schön", sage ich zu ihm. Er gibt mir einen Kuss auf die Wange. Seine feste Umarmung wird schwächer. Sein zweiter Vorname war Thomas, fällt mir da ein. Tommy. Das ist ein schöner Name. Mit dem ich gut leben kann.

Anmerkung des Autors

Deine Freund*in: „Oh, das Buch sieht interessant aus! Worum geht es?“

Du dann vielleicht: „Das ist eine Gespenstergeschichte! Über ein Kind namens Mücke, ihr Onkel … ich meine, sein Onkel … ähm, warte, also der Onkel … ähm.“

Wenn du dir unsicher bist, mit welchen Pronomen du auf Mücke oder Tommy Bezug nehmen und wie du über seine Geschichte erzählen sollst, ist das in Ordnung. Ich weiß auch nicht immer genau, wie ich darüber sprechen soll.

Wenn Leute über meine Kindheit reden, möchte ich, dass sie mich als „er“ bezeichnen: „Als Kyle klein war, lebte er mit seiner Familie in Chicago“, obwohl zu der Zeit, als wir in Chicago lebten, noch jeder, einschließlich mir, dachte, ich wäre ein Mädchen. Die meisten trans Menschen, die ich kenne, wollen ebenfalls, dass so über sie geredet wird. Doch Mücke weiß das über weite Strecken im Buch nicht über sich, daher ist es auch in Ordnung, dass die Leute in der Geschichte ihn „sie“ und „ihr“ nennen.

Aber wenn du das Buch gerade zu Ende gelesen hast und deinen Freund*innen empfiehlst, es auch zu lesen, solltest du Mücke vielleicht lieber nicht sie/ihr nennen, weil du es besser weißt. Wenn du dich allerdings mit er/sein auf Mücke beziehst, denkst du womöglich, dass du deinen Freund*innen einen Teil der Geschichte wegnimmst.

Ich mache das folgendermaßen: Wenn mich jemand fragt, worum es in meinem Buch geht, sage ich, „Es handelt von einem Kind, das vom Geist des toten Onkels heimgesucht wird und dadurch etwas Wichtiges herausfindet!“ Wenn derjenige noch mehr wissen will, erzähle ich vielleicht, dass es eine Art Gruselgeschichte ist und auch eine traurige Geschichte, sie aber größtenteils gut endet, und dass es außerdem darum geht, wie du Freundschaften schließt, darum, du selbst zu sein, und jemanden loszulassen, den du liebst.

Wenn du mit einem*einer Freund*in über das Buch sprichst, der*die es ebenfalls gelesen hat, kannst du Mücke natürlich die ganze Zeit er/ihm nennen (was du dann hoffentlich auch machst). Ich denke, du solltest es jemandem, der es noch nicht kennt, so beschreiben, wie es sich für dich richtig anfühlt, solange du die Wahrheit darüber, wer Mücke ist, in deinem Herzen trägst. Danke, dass du ihn auf seinem Weg begleitet hast.

Dank

Als ich noch ein Kind war, erzählte mir mein Vater von einer Geschichte, die er einmal geschrieben hat. Er erinnerte sich nicht mehr an viel, war aber stolz auf den ersten Satz: „Jetzt, wo Onkel Roderick nicht mehr lebt, fühlt es sich seltsam an, in unserem alten Haus zu wohnen." Danke, Dad, für diesen großartigen Anfang. Und danke, Mum, für dein Verständnis für meine Lesegewohnheiten.

Ich habe acht Jahre lang als Bibliothekar in Corlears gearbeitet, wo ich alles gelernt habe, was ich über das Schreiben für Kinder wissen muss. Ich danke meinen Schüler*innen, die mein Leben unendlich bereichert haben und mir eine Menge an Schreibideen schenkten. Außerdem meinen Kolleg*innen (insbesondere Amy-Marie, Lindsay, Sam, Dora, Chelsea, Patricia, Alex, Joy und Charles), die mir einen respektvollen Umgang mit Kindern vorlebten. Eines Morgens erzählte ich Ellen Vandenberg, dass ich nicht wisse, was ich zuerst schreiben solle, einen trans Roman oder eine Geistergeschichte, die mit der ersten Zeile meines Vaters beginnt. Ihre Antwort: „Warum nicht beides?" Und damit war das entschieden.

2014 schickte ich Saba Sulaiman fünfzig Seiten des Manuskripts. Sie fand, dass ich als Schriftsteller noch nicht so weit wäre, ermutigte mich aber, weiterzumachen und mich wieder zu melden, wenn ich mich bereit fühle. 2019 verliebte sie sich in Mücke, und wir scheinen als Agentin und Schriftsteller wie füreinander geschaffen.

Es war traumhaft, mit meiner Lektorin, Ellen Cormier, zusammenzuarbeiten (sie hat mir sogar süße Katzenbilder geschickt). Ich danke dir und dem ganzen Team von Dial Books dafür, dass ihr so viele meiner Träume habt wahr werden lassen.

Freund*innen und Community: Seven Boudin, dessen Elternhaus mich zu dem Schauplatz inspirierte, Jax Jackson, Robbin, Riley MacLeod, Meredith Russo, Heidi Heilig, Tobi, Zev Alexander, Vee Signorelli, Alex Gino, meine platonischen Boyfriends Gaines & Mike & Ben, Susannah Goldstein, Karyn Silverman, Kate Sullivan, Emily Dobbins, Traci Sorell, Eric Alger, T'ai Chu-Richardson, Angie Manfredi und jedem trans Mann, dem ich in der Community begegnet bin, ganz gleich, ob wir uns mochten oder nicht.

Den größten Teil dieses Buches habe im Outpost Café (z"l) geschrieben, das sich auf dem angestammten Land des Volkes der Lenape befindet.

Der Autor

Kyle Lukoff hat bereits zahlreiche Kinder- und Jugendbücher herausgegeben. Bevor er sich ganz der Schriftstellertätigkeit widmete, arbeitete er lange Zeit als Buchhändler und Schulbibliothekar.

Die Übersetzerin

Alexandra Rak, geboren 1968, studierte in Frankfurt am Main Germanistik mit dem Schwerpunkt Kinder- und Jugendliteratur. Nach zehn Jahren als Lektorin bei einem großen Hamburger Verlagshaus arbeitet sie heute als Übersetzerin, freie Lektorin Referentin und Herausgeberin.